余生太长，你好难忘

cheese少女 著

图书在版编目（CIP）数据

余生太长　你好难忘 / cheese少女著. -- 南京：江苏凤凰文艺出版社，2018.10（2019.11重印）

（抹香鲸）

ISBN 978-7-5594-2638-3

Ⅰ.①余… Ⅱ.①c… Ⅲ.①散文集—中国—当代 Ⅳ.①I267

中国版本图书馆CIP数据核字（2018）第171648号

书　　　名	余生太长，你好难忘
著　　　者	cheese少女
责 任 编 辑	王昕宁
特 约 编 辑	师　擎
出 版 发 行	江苏凤凰文艺出版社
出版社地址	南京市中央路165号，邮编：210009
出版社网址	http://www.jswenyi.com
印　　　刷	北京文昌阁彩色印刷有限责任公司
开　　　本	880×1230毫米　1/32
印　　　张	7.5
字　　　数	164千字
版　　　次	2018年10月第1版　2019年11月第2次印刷
标 准 书 号	ISBN 978-7-5594-2638-3
定　　　价	39.80元

（江苏凤凰文艺版图书凡印刷、装订错误可随时向承印厂调换）

自序

余生很长,那个很爱你的人,在路上

现在重庆已经非常热了,潮湿闷热的天气常常让我怀疑,我是不是真的已经在这个城市待了23年。

说实话,我挺讨厌这种天气的,让人喘不过气来。

当编辑第N次催我写序的时候,我才意识到,23岁这年,我竟然真的出了人生中的第一本书。

你可能不信,我对"作家"这个称号,有着偏执的念想。小时候的同学录你肯定记得吧,不是都要写写什么梦想的职业吗,那个时候我写的,就是"作家"。

可那会儿我哪跟什么作家沾得上边儿啊,我那时候的作文,还是清一水儿的流水账呢。

真正开始写东西,是初中开始的。那时候呀,因为欣赏一个人,就把对他的心情都写下来。同时,我开始写日记。没想到这一写,就是两年。

我很感谢他,如果不是他,就不会有现在的我了。

后来读了高中,写东西的习惯被保留下来。

那会儿开始写博客,喜欢上了当时一个博客写得很好的女孩子,跟她一起写了很久。

再后来啊,我终于第一次真正地体会到了什么是喜欢,什么是心动。

对，我喜欢上了一个很好看的男孩子。

真的很喜欢他吧，要不怎么会在和他分手的时候，有那么多话想说呢？

写第一篇很长很长的文章，是和他分手那天。

微博发布，一个几万粉丝的号，有超过500万阅读，几千条留言，甚至一两年后，都还有人转发分享。

有人建议我把文章发上公众号，于是就有了Cheese少女。

这一写，就是三年，650多篇原创，超过80万字。

终于，我在23岁这年，跌跌撞撞地触碰到了梦想的门，我要出第一本书了，这让我在"人生重要事项list"上重重地打上了一个勾。

很多人做事情的动力来自于不甘心，但我不是，很坦白地说，我的动力来自于我的"报复心"。

初中时被全班孤立，处处被针对的感觉太难受了，那从那时起，我就再也不是一个会依靠别人的小女孩了。

只有当你孤立无援时，你才能完完全全地只靠自己用力向前走。

大二那年分手，明白和一个不喜欢你的人在一起，并不快乐。

很感谢好朋友的背叛，很庆幸不爱我的人离开，是因为这所有所有的短暂痛苦，才让我今天变得独立，勇敢，毫不畏惧。

当然，如果没有你们这么喜欢我，也就没有我，没有"起司少女"了。

我很想跟你说，如果你现在身处困境，如果你现在正在经受割肉放血的痛苦，千万不要放弃。

没有什么困难可以阻挡你，只要你坚持下去。

如果说是什么让我可以一直坚持写下去，那就是我的文字能够在你难过时，给你一个用力的拥抱，告诉你，我一直在陪着你。

余生很长，你还有很多事情可以做。

那个很爱你的人，那段很美好的未来，都在路上。

目　录

【第1章】以后的人生，只想和你谈一场甜甜甜甜的恋爱

夜阑卧听风吹雨，铁马是你，冰河也是你；君问归期未有期，巴山是你，夜雨也是你；月落乌啼霜满天，江枫是你，渔火也是你；玲珑骰子安红豆，相思是你，入骨也是你。

余生，我只想和你在一起　002
被人哄着真好啊！　005
和大叔谈恋爱才是真甜，甜到腻！　009
"你好，你有一个超甜的女朋友需要查收。"　013
那些向男朋友要口红的女孩，后来都怎么样了？　016
真正爱你的男人是这样的　019
我为什么陪你晚睡？　022
请别再说90后脑残了　025
我不想再一个人了　029
我把抖音上最好笑的一张图发给我爸，他却看哭了　033
"请别忘了我。"　037
因为你，我愿意成为一个更好的人　040
她男朋友好黏人哦　042
如果有天我谈恋爱了，那个人一定是世界上最幸福的　044
好想找一个宠我宠到天上的男朋友啊　047
如果你越来越胖，那就是爱对了人　049

【第 2 章】漫长的生命里 你曾是我的全部

活在自以为很酷的世界里，卸掉伪装感到悲伤。时间不能长久就别拥有，一边拥有一边清零。当时的承诺情真意切，当时的誓言发自肺腑，当时的点点滴滴有着不可磨灭的印记。但终归是有时效的。就算删光了所有的联系方式，却删不掉他留下的记忆。幸好思念无声，要不然定会震耳。无论好的坏的，都能在夜深的时候想起。漫长的生命里，你曾是我的全部。余生太长，你好难忘，感谢你来过。

我不想再分手了 ___ 054
我再也没有精力去陪一个人长大了 ___ 057
我终于找到了他不当面说分手的真相 ___ 060
男朋友说他睡了，我却在朋友圈里看到了他在酒吧的照片 ___ 063
"我那么爱玩的人，怎么可能动了真心。" ___ 068
她把朋友圈都删光了 ___ 071
我早就忘了心动是什么感觉了 ___ 074
不想谈恋爱，他们都照顾不好我 ___ 078
"从朋友圈看，你家里跟马云爸爸一样有钱。" ___ 080
你这么懂事，难怪他不心疼你 ___ 083
你为什么单身，心里没数吗？ ___ 087
这样的男生不配拥有爱情 ___ 089
"上帝不会亏待痴情的人，一般都往死里整！" ___ 093
他喜不喜欢你，看聊天记录就知道了 ___ 096
放过我吧 ___ 098
"你们有 45 个共同好友，是否添加对方为好友？" ___ 101
对不起！你一个月挣 2000 元真的养不起我！ ___ 104

Contents

【第 3 章】那些受过的伤，终会被治愈

南风知我意，我曾爱你如尘埃。情深不自知，我想和你白头到老，但那些都是曾经。那些曾一起牵手走过的路，我们曾有过的热烈的爱，奈何缘浅，终究是分离。那些受过的伤，流过的泪，爱过的人，恨过的事，都会随风散开，不是原谅了或者忘记了，而是不那么在意了，也不想在意了。

他爱不爱你，发这句话给他就知道 ____ **110**
渣男鉴定指南（终极篇） ____ **114**
软下来容易，硬起来挺难 ____ **118**
不秀恩爱的男生都是怎么想的？ ____ **121**
我还偷偷喜欢你 ____ **125**
睡得再晚，不会找你的人还是不会找你 ____ **128**
"某些小姐姐要点儿脸，不要见谁都叫小哥哥成吗？" ____ **130**
不好意思，我的男朋友不能有女闺密 ____ **134**
"不如，我们算了吧。" ____ **137**
我想分手了 ____ **140**
你追我的时候，可比现在用心多了 ____ **143**
其实我挺好追的 ____ **146**
死也不说我喜欢你 ____ **149**
二十岁，你跟我谈结婚？ ____ **152**
其实我在等你主动 ____ **155**
"我曾经亲眼看着男友跟别的女人约了，现在还不是过得好好的？" ____ **157**
"你女朋友不想结婚吧。" ____ **160**
别等我说出这句话你才后悔 ____ **164**
你女朋友很丑吧？ ____ **167**
"你的新女朋友怎么样？" ____ **170**
找一个肯为你努力的男人结婚，就算他现在没钱 ____ **172**

【第 4 章】那个很爱你的人，那段很美好的未来，在路上

人生的道路上，有选择，有放手，有挫折，有担当，有成功，有失败。时间过滤了记忆中的那些伤痛与不悦，也沉淀了喜乐与疯狂。而这些曾经的美好回忆，伴随着你一路走来，经历了人生的风风雨雨。于是就印下了那段旧时光，游走在岁月的流动中，缓缓消逝。而那个很爱你的人，那段很美好的未来，在路上。

女孩应该学会为自己而活！ ____ **176**
前男友结婚了，我送了他 100000 块的红包 ____ **179**
会作的女朋友才可爱 ____ **183**
护短的男生好有魅力啊 ____ **187**
不要因为谈恋爱耽误了挣钱 ____ **189**
"二十岁就背几万的包，一定是被包养了。" ____ **193**
我把自己养那么贵，不是为了让你教我省钱的 ____ **196**
"因为我穷啊。" ____ **199**
我们一边害怕猝死，一边继续熬夜 ____ **203**
焦虑的时候怎么办？ ____ **206**
不背 Chanel 就是垃圾女孩吗？ ____ **209**
在讨好别人之前，先讨好自己 ____ **211**
遇到三观一致的人就嫁了吧 ____ **215**
90% 的男人都无法拒绝一种女人 ____ **219**
如何假装成一个好女朋友？ ____ **222**
找一个想和你有以后的男人谈恋爱 ____ **226**
三观不合，何必凑合 ____ **229**

第1章

以后的人生，
只想和你谈一场甜甜甜甜的恋爱

夜阑卧听风吹雨，铁马是你，冰河也是你；君问归期未有期，巴山是你，夜雨也是你；月落乌啼霜满天，江枫是你，渔火也是你；玲珑骰子安红豆，相思是你，入骨也是你。

余生，我只想和你在一起

01

最近《纸短情长》这首歌可太火了。它不仅攻陷了抖音，还占领了我的朋友圈和网易云音乐首页。不过这首歌确实好听又洗脑，就连我给猫洗澡时，都在忍不住哼哼。

这首歌的歌词大意讲的是：男孩和女孩本彼此相爱，后来却无奈分开，可男孩还是对女孩念念不忘，不断回忆起两人在一起的时光的故事。

歌中的故事有着一个悲伤的结局，想起前任来，也应该是挺惆怅的。但我身边的朋友都觉得，歌中那种恋爱的感觉实在是太甜了，让人根本悲伤不起来。

歌中有几句，唱出了爱情最好的模样，相信让大家无法自拔的，也是这几句：**怎么会爱上了他，并决定跟他回家，放弃了我的所有，我的一切，无所谓。**

大家都说，爱是藏不住的，就算捂住嘴巴，也会从眼睛里跑出来。而真正的爱不仅藏不住，也让人根本不想隐藏，会给人带来前所未有的勇气和决心。

它会让你甘愿放弃许多东西，不管未来要面对什么，都相信他能给你。

爱上一个人的感觉，就像是心脏写满了他的名字。

02

我的好朋友小S，家住重庆，之前她是"养在深闺"的标准乖乖女。她18岁之前，连市区都没出过，也从来没有在晚上9点之后回过家。可她在填报大学志愿时，为了那个他，选择远去哈尔滨。

临走前，我一边帮她收拾行李，一边问她："这一走就是3000公里，你不怕冷吗？不怕想家吗？不怕在那边他欺负你，没有人帮你吗？"

她笑笑说："怕，可我更怕见不到他。"

我笑她傻，却也特别理解她的执着。好在，这些年他们一直都特别好，没听说过闹分手。而现在我的桌子上就摆着他们的请柬，他们下个月就要结婚了。

看，爱会自动转换成勇气，才不需要别人给自己加油打气。哪怕是别人泼冷水，也浇不灭那团为爱燃烧的火焰。

所以啊，宁愿错过一百支口红，也别错过一个你爱的人。

"纸短情长啊，诉不完当时年少，我的故事还是关于你啊。"

03

《后会无期》中有句台词：喜欢就会放肆，但爱就是克制。而在我看来，喜欢像风回火舞，爱是欲念全消。

喜欢和爱是不一样的，喜欢是想占有你的当下，爱则是生怕余生没有你。不得不承认，喜欢让我们迈出第一步，而爱让我们学会取舍，学会无私，也学会如何把一段感情经营到地老天荒。

我的邻居张奶奶，八十多岁了。拍证件照时需要摘下耳环，别人要帮她，她却婉拒了别人，叫来了她老伴。

她说："我老伴给我摘了几十年的耳环，别人摘，我怕痛。"一边的老爷爷看着她，眼里满是宠溺："当初说要帮你摘一辈子耳环，怎么能说话不算话？"

妈呀，撩得我的心也扑通扑通的！

其实女生想要的很简单，就只是一份长长久久的陪伴。前路再黑暗，有你便不会害怕。所以从前"车马慢，一生只够爱一个人"的爱情才格外让人着迷。因为这种爱情，懂得用以后的时光，补偿你爱我的模样。

最后，祝你们的故事纸短情长，能一直写到地老天荒。

被人哄着真好啊!

01

前几天闺密跟男朋友吵架了,我们几个人约她出来喝下午茶,顺便开导一下她。有人问了她一个问题,她说:"你们吵架的时候,他会哄你吗?"

她说,两个人吵架的时候都是先激烈地宣泄自己的情绪,然后就坐下来,像谈判一样沟通,表达双方的想法。对的,她说的就是谈判,每一次和她男朋友吵架之后,他们用的都是这样的沟通方式。可她真的已经理性成熟到这种他步了吗?

朋友问她:"他哄过你吗?"闺密摇了摇头。

两个人谈恋爱的时候,怎么能在吵架之后只跟对方谈判呢?道理谁不懂啊,可我想要你哄我。

02

我想起之前读者零零给我讲的一个故事,很温暖。

零零今年28岁了，跟他老公谈恋爱谈了三年，结婚也已经三年了。她是外企的女强人，做事情雷厉风行，如果她是你上司那一定是噩梦。她对自己的形容是："严格到令人憎恶。"

我想了想，她应该就是我们最怕遇到的那种工作狂魔，还是女上司。零零说，很多人都怕和她交流，因为她经常把手下的女员工骂哭。也不是因为她很凶，就是她太严格了，思维清晰得可怕，和她一起工作的同事可能还会因为压力过大而受不了。她有一次在茶水间听到别人议论她："这种女人，不知道她老公有多倒霉，吵架的时候她应该也是这种骂人的嘴脸吧？想想都心疼她老公。"

她听到一点儿都不生气，反而是挺开心的。

零零的老公特别爱她，她在家里也完全不是在公司的样子。如果说在外人眼前她是女强人的话，那在家里她就是完完全全的小女人了。

零零在留言里强调说："我老公真的太好了，我觉得最幸福的时候啊，其实是在我们吵架之后。他不会冷冰冰地来跟我讲道理，反而是来哄我，把我哄高兴了，再跟我一一捋清楚刚刚事情的对错，语气也是温柔的。"

我太震惊了，所有人都害怕的女强人，竟然会说自己最幸福的时刻是老公哄她的时候。原来工作成功，拥有很多钱和很多包都不能让一个人最大限度地感到满足，而那几句温柔的话语，才是难忘的幸福。

16岁的女生需要被人哄着。26岁的女人也需要被人哄着。道理都懂的女人，还是需要被哄。

我一直觉得，在恋爱里，感性是最浪漫的，理性是最残忍的。一个这一秒想到要去旅行，下一秒就买好机票让你跟他走的人太好了。可一个说了很久要去旅行，却总因为各种担忧放弃的人一点也不可爱。

生活其实不需要处处理性，谈恋爱更是。

03

我有一个女生朋友，总是跟我抱怨，她男朋友哪里哪里不好，又经常跟她吵架之类的。有一次我们一起在外面吃饭，因为一件小事他们两个就吵了起来，还挺大动静的。就在我觉得场面尴尬得收不了场的时候，男生从对面的位置坐到了他女朋友身边，然后笑着哄她说："宝贝别生气了，是我不好。"然后一边哄还一边讨好地摸摸她的手。说实话，虽然那时我觉得，咋这么恶心呢，但我挺羡慕的。

旁边有人说了句："天哪，太幸福了吧。"

后来问了这个女生朋友才知道，他们俩虽然经常吵架，但男朋友总是会哄她，而且还是贱贱地讨好那种哄。被人哄着真好啊！

我们都明白那些大道理，你让谁说都能给你说得头头是道。但很多时候，其实不是每件事都需要通过讲道理来解决。

为什么两个人吵架之后，你讲道理女孩会更生气呢？因为她不想听你冷静地给她分析问题的对错，爱情本来就没有那么多明确的对和错啊！

女孩子也没有那么小气，其实她在等你哄一哄她。哄哄就好了，不要讲那些没用的大道理。

很多时候，非得弄清某件事的对错，都不是我们要的结果。就算你争赢了这个问题又怎么样呢？说不定你会因此失去一个你很爱的人。

谁要你冷静地跟我分析问题。我想要的是被你哄着！

和大叔谈恋爱才是真甜，甜到腻！

前一段时间，我的朋友圈被"小奶狗"刷屏了。

大家都说和"小奶狗"谈恋爱怎么怎么甜，甚至有人说"不爱'小奶狗'，枉在世上走"，然而，"小奶狗"真的那么完美吗？

"小奶狗"，说的就是年纪比较小、又好看的男孩子（不好看的你绝对不会觉得他是"小奶狗"）。他们可能很黏人，也会随时随地撒娇，搞得老姐姐们春心荡漾。但同样的，因为他们年纪小，有太多事情经验还不够，也没那么了解女生。

最甜的是什么？不是跟"小奶狗"谈恋爱，而是跟大叔谈恋爱啊！

有人肯定会反驳了，大叔有啥好的，除了老？

NO！NO！NO！那是你没见过，会撒娇的大叔有多可爱！

接下来我们就一一细数，和大叔谈恋爱，到底有多甜？

01

会宠人。

对大叔而言，丰富的情感经历教会他们最多的就是，如何去疼自己的女朋友。毕竟有那么多"前任"在为他授课，不出色都不行了。

我姐夫比我姐大5岁，追我姐的时候他都30岁了。做着一份年薪百万的工作，上班时间都是一脸高冷的精英样子。可是一见到我姐，他就完全变了个人。

他知道我姐不吃辣的，某次在我无意间拉我姐去吃麻辣烫的时候，他不知道什么时候叫服务员拿来一碗温水，要洗过才给我姐吃。我生理期的时候，男朋友只会冲红糖水，安慰几句。姐夫就不一样了，我听我姐说，她生理期的时候，姐夫根本不让她下床的，然后给她炖汤喝。他完全把我姐当成生活不能自理的人，对她说："你要喝水就跟我说哦，我帮你端，你就在床上看电视剧好啦！"

还有一件事。我姐夫真的是太宠我姐了，宠到让人嫉妒。想问问小姐妹们："你们在家做家务吗？"我姐不做的，因为我姐夫说："你手那么好看，不是用来做家务的。"洗衣、做饭等家务都是由这位年薪百万的精英来做，太忙的时候，他就请阿姨，反正是绝对不让我姐做的。

请问我的男朋友什么时候能有这种觉悟？

02

更珍惜你。

不会珍惜人，这是我们年轻时候的通病。我们总觉得一切都可以重来，时间还很多，爱的人也不会离开。所以肆无忌惮地挥霍别人的爱，以致最后失去。但大叔就不一样了，他知道这一次错过就是永远错过，所以他不会轻易放手。

"小奶狗"也许会在跟你吵架时说："你走啊，走了就别回来。"于是你就真的走了，赌气也就再也没有回来。

而大叔是不会这样做的，他不会说出那么情绪化的话，因为他知道，他已经老得不能再失去了。他怕你走了就真的走了，不会再回来。

03

大叔撒娇，暴击！

如果说以上两点还不够甜，那大叔撒娇，真的就躲不过了。

你能想象"小奶狗"撒娇的样子，但你能想象大叔撒娇的样子吗？我见过。他是我一个朋友，比我们大好多岁。他一个平时呆呆板板、看起来都可能是直男癌的人，居然摇着他女朋友的肩膀说"不要生气了嘛"，然后跑到他女朋友后面去给她捶背，捏肩。我的天哪，我完全惊呆了！！！他还会经常看着她女朋友发呆，跟我们一脸花痴地说："你们看，我们家宝贝真好看！"

真的，这种大叔一面正经，一面撒娇，完全让人受不了。

说完了这三点，总结一下。

大叔有多好呢？会宠人，会撒娇，还懂得珍惜，当然还不仅仅这些。

所以朋友们，当你们被年纪小的男朋友气到流鼻血，当你教他教到已经快没有耐心的时候，当你们因为生活中一点点小事的摩擦都要大吵一架的时候，当他还什么都没有也不能给你未来的时候，请考虑一下大叔吧！

不油腻，会宠人，经验丰富还会撒娇，请问有啥理由可以不要？

"你好,你有一个超甜的女朋友需要查收。"

01

你好,男朋友。不知道你在哪里?现在是十几岁,还是二十几岁?谈过几场恋爱,有过几个刻骨铭心的恋人?没关系,不管以前你的恋情是怎样的,我都能理解,那是因为她们都比我更早遇上你。不过从今以后,你的生活里,就只能是我啦。

先自我介绍一下,我呢,身高160cm左右,体重90斤左右,平时不抽烟、不喝酒。但是陪你的话呢,可以稍微喝点酒的。我想陪你酩酊大醉,也想和你一起回家。

我没谈过几场恋爱,因为我知道会遇见你。我不想问你的过去,当然你能坦白最好啰。切记别讲得太仔细,我不想知道你跟哪个前女友在哪个地方接过吻,我的想象力很丰富,当然也没那么大度。

我不介意你的过去,那都是在我没遇见你之前的事。至于之后的日子嘛,我希望你主动删掉手机里所有跟前女友有关的东西,因为从今以后的每一天,你都会比从前快乐,过去没什么好怀念的。

既然说到这里,就谈谈我对你的要求吧。就一个,请多爱我一点,更爱我一点。嘻嘻，我相信你一定能做到。

02

我已经计划好了要和你做的事。

我们一定要去看很多电影，所有好看的电影都要去看或者买一个家庭投影仪，周末的时候就窝在沙发里，吃着零食，看着电影，有你相伴。

我正在学做菜，川菜、粤菜我都会一点儿，当然我会继续努力学的，还想要做好吃的甜品给你吃。

然后呢？不知道你喜不喜欢小动物，我是很喜欢啦。如果你不介意的话，我们可以一起养一条狗，每天晚上都一起遛遛狗。我牵着它，你牵着我，我们仨压压马路，超幸福的！

家务的话，我希望可以和你一起做啦。那如果你实在太忙的话，我多做一些也是无所谓的。最主要的是，我希望你不要觉得家务就应该是女生做。当然，如果我们已经在一起了，那你肯定不会是这种想法的。

对了，我们一定要去旅行，我有好多地方想和你一起去。你要好好锻炼你的拍照技术，我还收藏了一些"男朋友拍照手册"给你看哦。

当然，我知道，我们在一起的时候，很多事情别人已经教过你了。比如我生理期的时候，你要多做家务，帮我冲红糖水，还要给我买好吃的零食，因为这个时候吃零食是不会长胖的。比如，睡觉的时候你一定要抱着我，不然我会很没有安全感……

03

接下来要说的，是我们之间可能会发生的矛盾。

我们一定会产生争吵，亲密的生活不可能完美无瑕。争吵并不是坏事，这也是我们激烈沟通的方式。

比如，我可能会要求你早点回家，不要喝得烂醉。关于这一点，想跟你说的是，我不介意你喝酒，必要社交我是能理解的。你要和谁喝酒，说明原因，我一定会同意的，你还可以带上我，毕竟我也是能玩的。这一点，你没必要欺骗我，我不是那么不讲理的人啦。

比如，我可能会很黏你，谈一场轰轰烈烈的恋爱，做一个甜甜甜甜的女朋友。如果你适应的话，我可以完全展露出女孩子的猫性。你想要的那种撒撒娇，吵着要抱抱的生活，跟我在一起就可以有啦。

有的女孩子会打夺命连环call，我想说，那其实是一个女孩子很在意你的表现。你最好不要跟我玩消失啦，去哪里都要跟我说一声哦，不然我会担心的。

总之，我没有那么不讲道理啦。说了这么多，你应该知道我有多好了吧？那你还不赶紧来到我身边，如果我被别人抢走了，世界上可没有后悔药哦。

这会儿我还在等你，你抓紧来找我哦！

那些向男朋友要口红的女孩，后来都怎么样了？

01

去年有一次YSL口红刷屏事件，起因是很多姑娘都转了口红的图片，并配以文字，意思是希望男朋友或者有人可以送自己YSL口红。

这个时候就有人说了："你妈没教你别伸手跟人要东西吗？"其实那些说了想要口红的人，并不是因为这个东西多贵才要。而是因为有人爱她，有人愿意给她买，所以她才要的。

这是被爱的人才有的权利。让男朋友给自己买一支口红是犯了什么天大的错吗？**让男朋友买一支口红就是绿茶了吗？**并不是，200元一支的口红，学生党节约一点儿生活费，也是买得起的。

相反，有的人也许从来都没有过跟人说，"我想要什么东西，你送给我好吗"这种话。因为没有被爱，所以没有底气说那样的话。

正如同我羡慕那些秀恩爱的人一样，我也很羡慕那些可以向男朋友要口红的女孩子。因为她是被爱的。

02

我身边有一个朋友，那次向男朋友要口红事件她也参与其中。但她不是缺一支口红的人。朋友自己也是新媒体工作者，每天昼夜颠倒地工作，收入也很可观。

每个月她可以给自己买几套新衣服，还能买个包，算是生活比较小资的一类人了。

那次她也发了朋友圈说："希望有人可以送我。"然后加了个微笑的表情。

我看到的时候就知道，她是发给男朋友看的。男孩看了之后，真的去买了好几支口红送她。那天她收到礼物，开心得在每个微信群都秀了一遍。

群里没人说那种酸话，反而是一片的羡慕声。我们太羡慕这种感情了，她可以不避讳地跟男朋友说自己想要什么，而这个东西也是在对方的承受范围之内的。就算自己能挣再多钱，能买很多东西，但你喜欢的人送你的，感觉是不一样的。

03

礼物一直都不在于贵重，重要的是送礼物的那个人是谁，送的心意是什么。

很多人说，你不该向别人要东西啊。那个人不是别人，是喜欢我并且我也喜欢的人。收到礼物会开心,收到他送的当然会更开心,这是被爱的表现啊。不然你想想,哪个不喜欢你的人会送礼物给你啊?

那次还有一个朋友,她也有男朋友,但她没转那条朋友圈。后来她自己买了口红,这件事连提都没跟男朋友提过。有人问她说:"你怎么不让你男朋友送你啊?"她说:"说了他也不会在意的,还会嫌口红贵,我还不如自己买得开心。"

喜欢的东西是不会嫌贵的,给喜欢的人买东西也不会考虑价格。我相信你也是这样。大多数人可以给喜欢的人买2000元的包不眨眼,但给自己买200元的手链都会再三考虑。

女孩要的不是口红,而是送口红的心意。而那些向男朋友要口红的女孩,她们是被爱着的,幸福着的。

希望你也有礼物可以收,有人可以爱你。希望你一直被爱着。

真正爱你的男人是这样的

01

爱可以有很多种定义，可以是他为你花钱，可以是他照顾生病的你，可以是为你改变，还可以是为你自律……但真正爱你的男人，应该要做到——尊重你。

我看过一个投稿，内容让人非常震惊。投稿的人说，她的老公喝醉酒经常会打她，但打完之后又会跟她道歉。在朋友面前她老公一点儿面子都不给她，对她大呼小叫，好像这样就能体现他自己的地位。

结尾她问我，"cheese，每次他打我，我都特别难过。可他又总说他很爱我，但在外人面前从来都不会给我留面子。我真的好纠结，你觉得我该怎么办？"

我看到的重点是：家暴。这种人，不离开他，是要留着过年吗？他能打你一次就有第二次，有二就有三。打了你又说爱你，我就真挺不明白这种人的，这跟打了你一巴掌又给你一颗糖是一个道理。

你可以忍受他袜子好几天不洗，你可以忍受他说话大声，不修边幅，但请不要忍受他对你进行家暴。傻姑娘，为什么要跟一个打你的人在一起呢？找一个爱你、对你好的人，和他在一起不好吗？

02

一个爱你的人，一定是尊重你的。

记得在一个饭局上，我遇见过两对年轻夫妻。其中一对夫妻和他们身边的朋友聊得很开心，两个人的手一直握在一起。另一对呢？男的在高谈阔论，女的在一边很尴尬地笑着。

吃饭的中途有人向他们敬酒，手一直握在一起的那对夫妻，男的端起酒杯，老婆在一边温柔地说："少喝点，你身体不好。"老公笑着回她："老朋友敬的酒嘛，喝了这杯，就不喝了，好不好？"

而另一对呢，老婆说："少喝点，你已经喝得挺多了。"老公回她说："你懂什么，少插嘴！"

我当时感触特别深，原来同一种关心，是会换来两种结果的。哪一种相处更能让人接受，我想所有人都能感觉到。后来听说，那对不太和谐的夫妻，最后离婚了。

03

我遇见过很多的人，大家对那种在外面，对自己女朋友或者老婆特别不客气的人，问得最多的是："你们家你做主啊？"可对那些对自己女朋友或老婆特别好的人的评价是："你真爱你老婆""你真是好男人""女人就是要找这样的男朋友或者老公"。

因为爱,所以尊重。你可以爱那个为你花钱的男人,也可以爱那个下班来接你的男人。但最后,请你一定要选择那个尊重你的男人。

生活中,除了爱,人和人相处最重要的便是尊重。哪怕他嘴上说着他有多么爱你,哪怕他说他可以把心挖出来给你看,但只要他不尊重你,就不要跟他在一起。

选择一个尊重自己的人,不仅是对你自己负责,也是对爱情负责,对自己的未来和家庭负责。

你不需要那个在外人面前不给你面子,可能会对你实行家暴,不听你意见,不把你当回事的人。

找一个爱你的、尊重你的人,你生命中余下的每一天才会幸福。尊重你的人,他不会勉强你做不喜欢的事,也不会让你处于艰难的境地。倘若你选择了一个不尊重你的人,那未来你将要面对的可能就是,无止境的痛苦和委屈。

因为真正爱你的男人,一定是尊重你的。

我为什么陪你晚睡？

01

每个人都有过喜欢人的经历吧？和喜欢的人聊天，更是每个人都经历过的。不知道你喜欢的人，是常说"早点休息"呢，还是你说了困，他才说困。

在这个过程里，有的女孩说，他叫我早睡是关心我，晚睡对身体本来就不好。的确有可能，你遇到的男孩是一个注重养生的人，也在乎你的身体，所以叫你早睡。

但大部分跟别人说了早睡的人，要么继续抱着手机刷微博，要么继续和别人聊得热火朝天，还有一种可能，就是他真的什么都不干，就是单纯地不想再和你继续聊天了。

我喜欢一个人的时候吧，真的舍不得挂电话，更不会先和他提出结束话题，坦白说，我巴不得和他聊一个通宵，只要他不说困了，我可以陪他聊到地老天荒，都不会觉得困的那种。

那些说了早睡的人，有几个真的睡了呢？反正我和别人说的早睡，都是礼貌的意思，"我不想和你聊天了，你别找我了"。而那些在凌晨两三点和你说"我不困"的人,他的意思是,"只要你不困,我就不困"。

02

我大学时的一个室友,经常半夜手机的灯还亮着。有一次我问她是在和谁聊天,她说和一个好朋友,是男的。旁边有人说:"不单单是好朋友吧,不然为什么他半夜还和你聊天,那么晚不睡觉?"室友笑了笑说:"可能他是夜猫子吧。"

其实大部分熬夜的人都不喜欢和别人聊天,深夜的时候连字都懒得打,不想思考问题,所以常常追剧和看八卦。所以那些愿意在深夜陪你聊天的人,你对他来说一定很重要。

是真的,后来室友和她那个在深夜聊天的好朋友在一起了。因为她从别处听说,男孩本来是早睡早起的人,为了陪她在晚上聊天,睡得晚起得早,上班的时候常常打盹儿,还被老板发现好几次。

室友去问他,你困了怎么不说呀。他跟她说:"我怕晚上没人陪你聊天,你一个人太无聊了。"深夜的时候听到这样的话,每个人都会觉得感动吧?

那个陪你熬夜不睡觉的人,他一定很喜欢你。不然他不会花那么多时间陪你。

有人说,喜欢一个人,不是会在洗澡时秒回他消息,而是会和他一直聊天打电话,直到他去睡觉了,自己才会去洗澡。

我见过的很多人都是这样，包括我自己。和喜欢的他聊天的时候，我从来没有主动说过我困了，就算真的太困了，抱着手机睡着了，也不会跟他说我困了。

舍不得切断和喜欢的人的联系，舍不得他一个人在深夜里没人陪伴。

熬夜不好，但我更想陪你多说几句话。所以你明白为什么我会陪你晚睡了吗？

请别再说90后脑残了

01

从我读初中开始，就有人给90后贴标签了。说得最多的，就是90后"脑残"。毋庸置疑，"脑残"是一个贬义词。网络解释是指不学无术、水平低的人，做事稀里糊涂、随心所欲，摸索搞，不按照规律做，神经质的思维。最明显的表现是在追星这件事上。

初中的时候，朋友们喜欢周杰伦，那个时候叫JAY周。综艺节目《超级女声》和《快乐男声》在我们的回忆里都是很重要的一部分。

我们90后，会为了喜欢的明星攒钱买专辑、海报，会偷偷用家长的电话给他投票，会因为他比赛失利哭上一两天，会把他当成自己的"男朋友"。

这些在家长看来，就是不学无术，违反常理的。正常的小孩儿应该坐在教室里写上一大堆的试卷，而不是坐在电视机前为了喜欢的明星加油、呐喊。

但说实话，那是一种精神寄托，不仅仅是90后，70后、80后也一样有自己喜欢的明星，但为什么大家要集中批判90后呢？因为90后是伴随着网络迅速发展的一代。在70后、80后还不会使用QQ这样的聊天工具的时候，90后的还在读小学的我们，就已经熟练地用上QQ和陌生人聊天了。

后来博客、微博、微信等新媒体平台越来越发达，我们可以通过很多途径第一时间知道爱豆①的消息，不再是只能通过电视这种单一的媒介来获知消息了。

所以我们可以畅所欲言，在QQ签名上、在微博上、在朋友圈里，只要不违法，想说什么，都可以。

如果说70后、80后是保守的一代，那90后就是开放的一代。我们只是说出了那些你们不敢说的，我们只是敢爱敢恨，我们只是个性鲜明，并不是众人口中的"脑残"。

02

那么90后到底是什么样子呢？

我们善良，孝顺。

有人说，90后叛逆，目无尊长，没有规矩。但其实我认识的90后，也许他们有时会对父母表现出不耐烦，甚至说话的时候用到了不该用的词语，但父母从来都是我们最放心不下的。前一秒和他们针锋相对，下一秒我们就开始后悔了。

---

① 爱豆：网络流行词，英文idol的音译，意为偶像。

至于那些不好听的话，其实是我们说话的一种习惯，有时候控制不住就脱口而出了，那不对，我们都知道。可没有任何一个人，可以欺负自己的父母。

大概最遗憾的就是，90后太早熟了，急着承担一切，所以常常因为太忙，而来不及陪伴父母。

我们包容所有存在，相信"存在即合理"。90后的包容力简直太强了。追星也好，当网红也好，我们都能够接受，相信有人这样做，是有他们自己的原因。我们尊重每一种职业，懂得生而为人，都不容易。我们不相信誓言，只珍惜现在。对爱情，其实很认真。

我在90后的朋友圈里看到说得最多的就是，不要跟我承诺太多，我只看到你现在做的。90后是行动派，所以不喜欢那些虚无缥缈的东西，我们更相信自己看到的，更相信当下。

90后的爱情观，一直饱受诟病。有人说，90后不专一，谈过很多场恋爱，是外貌协会，根本就不懂什么叫爱情。但也许你不知道，那个谈了很多场恋爱的男孩其实爱过一个女孩很多年；那个情场高手，也曾经是被甩的对象；而那个说着自己是外貌协会的女孩，最后找了一个长得很普通、但很爱她的人。

90后的不守规矩就体现在这里，我们用反常的方式宣泄自己的痛苦。我们给爱情定了很多条条框框，却都在真爱来临时不管不顾。

其实90后，很会爱，也很懂爱。

03

最后，很多人都想知道，90后到底在做什么？

90后不喜欢枯燥、一成不变的生活，他们热爱挑战，喜欢创新，所以90后几乎不愿意接受一份稳定的工作，拿一份不多不少的工资。

喜欢旅行的90后，会选择一边打工，一边旅行，他们会花上好几年去世界上的各个国家看一看。

喜欢时尚的90后，会选择当一名时尚博主，也许是在微博上，也许是在微信上，也许是在小红书上，也许是在B站上，他们和很多人分享自己的穿搭心得，化妆技巧。

喜欢搞怪的90后，会选择当一名搞笑博主，他们也许会在抖音、快手上录自己的搞笑视频，收入也非常可观。

喜欢玩游戏的90后，会选择从事电竞行业。玩游戏对90后来说不再仅仅是一种娱乐方式了，对于一些人来说，它也许是一份很有前景的事业，收入也是普通行业难以达到的水平。

喜欢写东西的90后，会选择在各个网络平台上发表自己的文章，可以给很多杂志供稿，给各种产品写文，靠才华挣钱。

在家里挣钱，躺着挣钱，玩游戏挣钱，90后告诉你，这些都是有可能的。

我特别喜欢那句话：**你还在忙着适应这个世界，90后已经在忙着改变这个世界了。**

我不想再一个人了

01

你喜欢一个人吗？反正我不喜欢。一个人的确挺好的，但第二支半价的冰淇淋总是没人和我吃。

那天我看到一个话题是，你在什么时候觉得自己很孤独。

评论里有很多答案。

"一个人出门忘记带耳机的时候。"

"一个人打吊针，上厕所自己把吊瓶拿下来，血随着管子倒流的时候。"

"睡午觉，醒来的时候周围一片黑，有种被抛弃的感觉。"

人在什么时候最孤独呢？难过的时候翻遍了通讯录，却找不到一个人可以听自己哭诉。三个人走在一起，他们走得很快，没人发现我落单了……

总有鸡汤说，一个人的生活也可以很精彩。你可以每天按时起床，做一顿美味的早餐，报摄影班去学摄影，办健身卡去锻炼身体，晚上可以看一会儿书……这样的生活明明很充实，可好像还是缺了点什么。

一个人的生活可以很充实。可要喜怒哀乐都有人分享，生活才更精彩吧？

02

那天淼淼在她的微博小号发了一句话：我不想再一个人了。

淼淼是谈过恋爱的，大概在五六年前。她被前任伤得太重了，很长一段时间都没能走出来。我以前问过她："为什么这么多年了还单着，是不是因为还放不下。"她说："早就放下了，可后来就觉得谈恋爱太麻烦了，自己一个人也过得下去，就没有再谈。"

女孩子只要稍微表现得强势一点儿，很多人就会觉得，她完全不需要男朋友了呀。就像淼淼，能挣钱、能做家务、能修水管、能换灯泡，男朋友是什么，可以吃吗？但其实，再强势的女孩内心也是渴望当小公主的。是因为没人可以依靠，可以让她软弱一点，所以她必须要变得更强势，才能保护好自己。

淼淼的微博小号很少人知道，我也是意外发现的。她在小号中写过很多东西：

"今天聚会又是我一个人单着，他们都问我什么时候才能找个男朋友。"

"一个人去吃饭，上厕所的时候碗被收走了。"

"电影院里都是小情侣，我又是一个人。"

那天淼淼加班到很晚，回到家的时候已经是凌晨两点了。她从爱吃的那家粥店点了外卖。等了很久，外卖才来。因为粥烫手，她想很快地把粥放上桌子，可是手一松，粥洒了一地。淼淼突然就哭了，特别难过的那种。哭完了，她还是得自己收拾残局。那时候她想：明明自己工作越来越好了，身边的朋友也都对自己不错，可为什么总还是希望有个人能在身边陪着呢？

也许我们每个人都需要独处的时间，需要一个人扛过一些苦难。可我们也需要陪伴，需要在吃饭、看电影的时候有人陪，需要睡觉的时候别人给我们温暖。如果有人陪伴，夜晚就不会那么长了吧。

记得鹿晗公布恋情那天，很多人都说："我失恋了。"可鹿晗说想谈恋爱，说了很久，很多次。明星的生活那么累，要不停地拍戏、上综艺节目等，每一次暴露在人群里都要格外小心，不能像普通人那样想哭就哭，想爱就爱。他终于在不停地等待和寻找中，找到了那个喜欢的人，真不容易啊！

03

一个人的生活再好，也没有两个人的生活有滋味。如果有人陪伴，想吃什么菜都可以去吃，不用担心上厕所会被收掉碗筷；如果有人陪伴，想看什么电影都可以去看；如果有人陪伴，下雨的时候不再是冒雨去等公交车，而是等那把他带来的伞；如果有人陪伴，就算忙到再晚，也知道家里的灯是亮着的，也知道有人在等着你。

两个人的生活是什么样子的呢？就好像做所有的事情都有了意义，

对未来也有了盼头。

为了遇见你，我开始坚持跑步，我看很多种类的书，写一篇又一篇的影评。

我认真学了做饭，现在已经做得挺好吃了，还学会了做甜点。在等你的日子里，我想让自己更优秀一点。只有这样，当你来了的时候，我才配得上你，才不会错过你。

那天在街上，我看到身边经过了一对小情侣，男孩亲昵地贴着女孩的耳朵说话，脸上是幸福的样子。如果我遇到了你，我一定要在冬天把手插进你的大衣里，和你一起去抓娃娃，在不开心的时候靠在你怀里。

我不想是在聚会里是永远单着的那个人，我不想旅行的时候找不到人陪我一起，我不想被老板骂却没人听我抱怨，我不想发了朋友圈没人回应，最终只能删掉，我不想在寒冷的冬天里，只能裹紧自己的大衣……

一个人很好，可我不想再一个人了。

我把抖音上最好笑的一张图发给我爸,他却看哭了

01

之前我刷抖音刷到一个捉弄人的东西:将一张自己被烫伤的图片发给别人,看看对方的反应。抖音上那个人捉弄的对象是自己的父母,于是我也突发奇想,决定去捉弄一下我的父母。

我给他们发了那张图之后,我爸发的第一语音是:"有多严重,有没有去医院?"

在我说了"皮都没有了"这句话后,我爸说:"怎么那么严重?脚板都没有了。你等着,我马上接你去医院。"然后他给我打了电话,我很慌张地挂了电话,怕玩笑穿帮。

听他的语气真的是很担心,并没有看出这张图有问题。这个时候我妈已经看出来了,她说:"这不就是红薯吗?"然后大概有10分钟,我疯狂地给他发消息,他都没回。

后来他终于回消息了,他说:"你知道吗?我都哭了。"我蒙了,原来那么坚强的爸爸,会因为担心我哭。其实我也哭了,在他说那句"怎么那么严重,脚板都没有了"的时候,我笑着笑着就哭了。因为我

突然想到了很多事,想到这些年遇到的困难,还有此时此刻担心我的父母。

我想跟我爸说对不起,我以后再也不会拿这种事来开玩笑了。

我终于知道了。父母什么玩笑都开得起,唯独关于儿女,他们开不起任何玩笑。

02

还是在抖音上,我看哭过一个婚礼。

父亲拿着话筒对着新郎说:"**如果有一天你不爱她了,请不要告诉她,你一定要告诉我,我带她回家。**"说完这句话,父亲擦着眼泪转身离开,新娘哭着跪下了。

这个世界上最爱你的男人是谁?很多人都会下意识地去想自己的爱人,可世界上没有任何一个男人比你的父亲更爱你了。真的没有。

《剩者为王》里有几段话,我现在都记得。

"三十年前是她来了,才让我成为一个父亲。

"我也是希望她幸福,真真正正的幸福,能够拥有一场没有遗憾的婚姻,我可以把她的手无怨无悔地放在另外一个男人的手里。不至于将来我会后悔,我当初怎么就这样把她送走了。爱情和婚姻不是百分百对等的,对她来说,就像她坚持了很久很久的一个准则,**作为一个父亲,我就应该和她一起去守护,只要她认定了,我就陪着她,那她有时候受**

挫了，我就等她回来哭一场。

"如果她忍着不哭，好，那我可以烧一桌好吃的。

"她不应该为父母结婚，她不应该到外面听到什么风言风语，听多了就想结婚，她应该想着跟自己喜欢的人白头偕老的结婚，昂首挺胸的，特别硬气的，好像赢了一样，有一天带着男方，出现在我面前，指着他跟我说：'爸，我找到了，就这个人，我非他不嫁。'

"我觉着我都能想象得出那一幕，她比着胜利的手势让我跟她妈妈看，那表情多骄傲啊！你看我都真真切切地想到了，那我有什么理由不等她实现。

"那天什么时候到来，我不知道。但我会和她站在一起，因为我是她的父亲，**她在我这里只能幸福，别的不行。**"

天底下所有的父亲都一样，他们只想自己的儿女幸福。尤其是女儿，因为父亲太懂男人了，他害怕自己的女儿受到伤害，所以只能拼上自己这条命，去保护她。

回到开头，为什么我觉得那么好笑的一件事，却会让我爸哭呢？我的注意点在这张图上，我认为这是件好笑的事情。而我爸的注意点在我身上，他甚至都没有认真看这张图。

之前看到过一件事，一个女孩问男朋友："我在吃药的时候看到一条新闻。"男朋友可能会问她看到了什么新闻。但放到爸爸这里，他一定是问，女孩为什么吃药。

是啊，在父亲眼里，儿女的健康胜过一切。

03

我看过一个故事,父亲捡垃圾,自己省吃俭用,供儿子上大学。儿子不仅嫌弃父亲,还在外面胡乱挥霍。

这样的事情太多了,父母总是把最好的东西留给我们,宁愿自己苦一点。

你不知道,其实你不在家的时候,父母都舍不得吃一顿肉。你一回家,家里就是大鱼大肉。其实妈妈不是爱吃鱼头,而是因为你不爱吃鱼头;其实爸爸不是不爱你,只是他不会表达,他的爱都在一举一动里。

龙应台的那句话很动人。"我慢慢地、慢慢地了解到,所谓父女母子一场,只不过意味着,你和他的缘分就是今生今世,不断地在目送他的背影渐行渐远。你站在小路的这一端,看着他逐渐消失在小路转弯的地方,而且,他用背影默默地告诉你,不用追。"

趁还来得及,你也回家看看父母吧。

"请别忘了我。"

01

在看《寻梦环游记》这部影片之前，朋友告诉我："带上纸巾。"于是我查阅了关于这部影片的信息，才知道这部影片是关于亡灵的题材。该片以墨西哥的亡灵节为背景展开，对墨西哥人来说，死亡并非一件沉痛的事。他们认为，死亡不是生命的终点，而是去往新世界，开始新生活的起点。

墨西哥人会在这一天以欢乐祭奠亡灵，通过庆祝死亡来向生命致敬。

奥克塔维奥·帕斯说："死亡其实是生命的回照。如果死得毫无意义，那么，其生必定也是如此。"

故事就是在亡灵节这一天发生的。小男孩米格生活在一个禁止音乐的家族，但他却无比热爱音乐，想要成为歌神德拉库斯一样的音乐家，但是这个梦想遥遥无期。他历经重重险阻，在电影的最后懂得了梦想和家人一样重要，也可以开始自己正大光明的逐梦之路。电影里小孩子的成长是一条线，温情，坚强。

而另一条，是关于生死的线，是给大人的。只要死后不被家人所忘记，你就永远不会消失。死亡给大部分人带来的都是消极情绪，可这部影片讲述的死亡并不可怕，比死亡更可怕的是被自己生命中最重要的人和其他人遗忘。

很小的时候我们就幻想过，包括现在，我们也一直在探讨，人死后是不是会去另一个世界，又会不会回来看看这些活着的人？处在不同的时空，人死后是不是就不存在了？

这部影片给了我们一个很美好的回答，人死后去了另一个梦幻的世界，只要你不被家人所遗忘，最后你们就能在那个世界团聚。但在那个世界你也不是能永生的。

02

影片里，亡灵们是害怕被遗忘的，因为一旦被所有人遗忘，就会"终极消亡"，就会真正地从另一个世界消失掉。

电影里有一个角色，叫猪皮哥，猪皮哥就是因为被所有人遗忘，最后在歌声里消了。而电影的最后，爸爸的歌唤醒了可可对他的记忆，他们最后在亡灵的世界团聚了。

好在，电影散场时没有悲怆的气氛，这是一个圆满的结局。而这，让我们对于身边那些去世的亲人，好像又抱有了美好的幻想。是不是真的有万寿菊桥，通过这座桥，我们就能通向另一个世界，同那些离开我们的人重聚？

03

这部电影让人感到温暖。

我们很多人心中都有着一个已经离开了我们,却始终无法忘怀的人,不管过了多少年,一提起他,就会红了眼眶。比如我妈妈的爸爸,每年清明上坟时,妈妈都在后面悄悄地哭,十几年过去了,如今也是。没人能左右现实世界的生死,也许是意外,也许是生病。我们无法左右他们的肉体,却能永远把他们留在心里。每个人都有这样一个情感郁结,它们是随着时间的增长也无法消磨殆尽的。

这部电影也提醒了我们,永远不要忘记那些已经离开我们的人。只要他们还在你心里,就不叫死亡。他们也许真的在另一个世界里,等着你在某个特定的节日,去怀念他们。他们从来就不曾真正离我们远去。电影散场的那刻,我转过头对身边的他说:"如果我死了,请别忘了我。"

因为你，我愿意成为一个更好的人

以前看《侧耳倾听》的时候我记下了一段话："因为你，我愿意成为一个更好的人，不想成为你的包袱。我发愤努力，只是为了想要证明我足以与你相配。"

很喜欢这段话的原因就是，我一直觉得最好的爱情就是那样，彼此有共同的话题，有自己的梦想，为了对方努力，让自己变得更好。所有健康的爱情都应该让人变得更加优秀和美好，而不是变得堕落又难堪。

喜欢一个人，就连意志力都会变强。

兔子是我在工作中认识的一个姐姐，我们刚认识的时候她还只是个小职员。她跟我说，她是因为喜欢的那个男孩才努力进的那家公司，男孩现在是她的部门主管。

男孩是她大学的学长，一直都是学校表扬榜上的人，兔子对他一见钟情。可大学时的兔子是个普通的学生，总是被人潮淹没。

听说兔子以前有130斤，看着她现在80多斤的女神样子，我完全不敢相信。因为想配得上学长，兔子每天都跑步减肥，吃的真的跟小兔子差不多，都是草。她利用空余时间学化妆，看书，听歌，去旅行。

学长是学广告的，她就看很多关于广告的书。虽说他们没说过话，但兔子说，她学的那些东西都是为了他，她想有一天能让自己站在学长身边时，不会因为自卑而胆怯，也为了能够打败那些在他身边的漂亮姑娘。

最开始我问她为什么不表白，她说："你看我以前那个样子，表白肯定会被拒绝啊，都说什么有人喜欢你本来的样子，骗人的。漂亮又有才华的女孩才值得被爱。"

因为学长，她后来变成了很好的女孩，长得好看，活得也漂亮。尽管他们最后可能不会在一起，但她反而得到了更多。前几天听说，她刚调了部门做经理，前途似锦，还有追求者每天送花到办公室。真好。

很多人，曾经因为想靠近一个人，所以努力把自己变得很好。那些从前坚持不下来的事，也因喜欢的人有了决心。

跑步很累，但她想瘦下来，变得更好看，那样才有资格站在他身边；学习很苦，但她不想在知识渊博的他面前，显得孤陋寡闻；工作很累，但情敌们也很优秀。她一路靠着对他的喜欢，让自己变得越来越好。

就算所有的事情都很累、很苦，但因为你，我愿意成为一个更好的人，只为了将来有机会站在你身边时，我不会错过。

甚至有人说："如果你想瘦下来的话，就去喜欢一个人，你就会真正有决心瘦下来了。"因为喜欢一个优秀人，你的第一反应就是自卑，就会千方百计地想要靠近他，让自己变得配得上他，不拖他后腿。自然会很努力地变好，很认真地吃苦。

你看，都是因为你。所以我还在努力，你千万不要喜欢其他人。

她男朋友好黏人哦

常听到人说哪个女孩子多黏人，但其实男孩子也是一样的。有的男孩子在恋爱中很高冷，有的却像个小孩子，特别黏女朋友。

还没谈恋爱的时候，年轻女孩子们大多喜欢那些高冷的男孩，似乎距离产生神秘感，容易让人着迷。可如果是男朋友的话，太高冷的男孩子是容易让女孩受委屈的。

有一个黏人的男朋友有多幸福呢，有多让人羡慕呢？大概就像我们看到斑斑男朋友的时候忍不住说的那句："好想有人黏人的男朋友哦。"

斑斑的男朋友吧，长得不算好看，也不是太优秀，但自从他们谈了恋爱，我们就羡慕得不得了。

男孩子平时该上班上班，下班了也不在外面多晃荡，下班后马上就给斑斑打电话报告下班后的安排。他不管去哪儿都带着斑斑，有了空闲时间就想和她黏在一起。每次我们要约斑斑出来玩儿，给她打电话就知道，她一定和男朋友在一起。

斑斑没有那些女孩子们常有的困扰，他男朋友去聚会也好，谈工作也好，只要能带她的场合都会带她去。斑斑不用担心他喝醉了不回家，他总是喝了一点点酒，就跟斑斑打电话说想她，想马上见她，要么斑斑去接他回家，要么他立马就打车回家了。

　　有好几次我们一起逛街，斑斑都一直低头玩手机。一开始我们还以为斑斑是一直主动给男朋友发信息的那个人。后来她拿手机给我们看才知道，她男朋友几乎每隔几分钟就会问她在干什么，怎么不回消息了，有没有想他什么的。

　　被男朋友一直惦记着，真的很幸福吧？不然每次斑斑提起他的时候也不会一边说，他好黏人哦，一边笑得那么开心了。

　　和长不大的男孩子谈恋爱的确辛苦，但有一个成熟又会黏人的男朋友，太幸福了吧。

　　高冷的男孩子冰冷的性格，的确让人意乱神迷，可黏人男孩的可爱，只会让人有甜蜜的烦恼。不用你每天赶着去问他醒了没，在干什么，不用你整天都想在他身边，所有的一切他都会很主动的。男孩子黏起人来，可真没女朋友什么事儿了呢。

　　时时刻刻都被喜欢的人黏着，刚分开就被惦念着，那他心上一定一直都有你。

　　黏人的男孩子太可爱了吧，他永远给你被爱的幸福感，而且看一个大男孩整天想和你在一起，光想想就觉得甜。

　　真想和黏人的男孩子谈一次恋爱啊。

如果有天我谈恋爱了，
那个人一定是世界上最幸福的

01

以前和赵彦聊天的时候听他说，他有一个对他非常好的前女友。好到什么程度呢？像他这样谈过很多很多次恋爱的男孩子，被问到让你印象最深刻的前女友是谁的时候，他一定会说这个女孩的名字。

那女孩是赵彦的大学学姐，两个人在学校外租了一间房，一室一厅，刚谈恋爱就过起了同居的生活。听说女孩买菜做饭，赵彦就洗碗，女孩做家务，赵彦就倒垃圾。两个人会在出租屋里一起喝酒，玩情侣间会玩的小游戏。但女孩毕业以后，没办法留在赵彦身边，她要回到她的城市去。于是，两个人和平分手，从此也没再联系过。

赵彦在这么多任前女友中独独忘不了她的原因有很多。赵彦说的其中一个是，有天他睡到两三点的时候饿了，女孩也醒了，她说我去给你煮饺子吧。

当时听到赵彦说这话的还有朋友歪歪，我们俩对视了一下，达成的共识是，这个女孩儿对赵彦真的很好，就算我们谈恋爱了，也做不到半夜睡意蒙眬地起来给对方煮饺子。

对啊,我曾经很肯定地跟歪歪说:"我肯定做不到。"毕竟我晚上饿了的时候,为了不起来弄东西,还勉强自己马上睡觉,因为睡着了,就不会饿了。总是以怕长胖为借口,但其实是因为我懒。

睡到半夜的时候眼睛都睁不开,连厕所都憋着不想去,谁还想起来给你煮饺子呀?所以我一定不是这种人,我怎么可能当这种女朋友呢?

02

有天凌晨两点的时候,我的好朋友林熙在朋友圈说:"想找个女朋友给她煮方便面。"我评论说:"我才给男朋友做了锅贴呢。"

是真的,凌晨两点的时候我男朋友说饿了,然后我说:"我起来给你做锅贴吧。"闻到锅贴香味的时候我突然意识到,我现在做的事儿,不就是赵彦那个前女友为他做的事儿嘛。

那个原本懒到自己饿了,只会用睡觉来解决问题的人,竟然因为喜欢的人说饿了,半夜两点爬起来给他做半小时的锅贴。林熙说:"你男朋友真幸福。"对啊,他一定是世界上最幸福的人了。

其实我不是那种体贴、勤快的女孩,我身边很多女孩都不是。但谈了恋爱,好像因为想让对方的幸福感更强一些,自己突然就变得温柔体贴了。也许还是因为很喜欢他。

03

例如我的大学同学大怡，谁能想到一个半夜在酒吧嗨到尬舞的人，会在家里认真地给她男朋友煲汤？谁能想到一个恨不得天天在外面玩儿的人，现在连门都不想出就想黏着男朋友呢？

你看，被我们这样的女孩爱，真的挺不错的。虽然我们不是那种特别好看的，特别懂事的，特别有钱的女朋友。

也许半夜给他做的锅贴没什么好讲的，也许为他煲的汤也没有太好喝，但那些都是因为我很喜欢很喜欢你，才会为你做的。

因为很喜欢你，所以想让你比其他男孩都幸福。

我想给你做好吃的甜品，我想给你洗衣服，我想把所有好看的东西都买给你，我想转身时一把就能抱住你，我想在每一个细节中，都告诉你，我爱着你。

也许我不是太好，但我会越来越好。你不需要是其他样子，你只需要喜欢我，很喜欢很喜欢我。

如果你和我谈恋爱，那你一定是世界上最幸福的！

好想找一个宠我宠到天上的男朋友啊

琵琶谈恋爱谈了一年多，出来跟我们玩得少了，也没几个人清楚她到底过得开不开心，男朋友对她好不好。

最近同学聚会她来了，穿得挺好看的，就是眼神里总有点疲惫的感觉。席间有男同学帮自己女朋友剥虾的，琵琶满脸羡慕地说了一句："你这也太宠女朋友了吧。"

其实帮忙剥虾而已，不是什么大不了的事，男朋友不剥也没关系。但愿意帮你剥虾的男朋友，一定很喜欢你。像我这么爱吃虾的人，巴不得每天都吃好几斤，但剥虾真的很麻烦呀，又要去虾头，又要剔虾线。如果有人能帮我做完这些事儿的话，我可以吃虾吃到他破产。

虾要自己剥，冰淇淋要自己买，感冒发烧了要自己照顾自己。因为知道没有人给你被宠的权利。

我没有一个那样宠我的人，琵琶也没有。谈恋爱以来，她男朋友能做到最好的事，大概就是找人陪她去看电影，而不是自己陪她去看电影。他总是跟琵琶说："你想吃什么自己去吃吧，你想去哪里找朋友陪你去吧，你想做什么就自己去做吧，我们是两个独立的人，你不能每天都缠着我。"

琵琶摔伤了哭，他就说："你怎么那么娇气，不就摔伤了。"琵琶喝酒喝多了吐，他就说："你知道自己不能喝就别喝了，逞什么强？"语气里充满了厌烦。

他总是说："琵琶，你不是小女孩了，你应该更成熟一点。"

于是琵琶变得越来越懂事了，痛了、累了也不说话，接人待物也有分寸。只是好像她变老了，少了20岁的女孩应该有的天真。我总是觉得，她好像没有表现出来的那么快乐。

昨晚她发了一条朋友圈，"好想找一个宠我宠到天上的男朋友啊。"听说她分手了，我知道她会分手的。

女孩子其他的都可以不要，也可以不羡慕别人，但"被宠爱"，都是她们最想要的。

其实每个女孩都可以当女强人，可以不撒娇，也不软弱，你甚至连她一个弱点都找不到。但这样的女孩，她也可以不要你。

我很少听到朋友说羡慕谁昂贵的包包、奢侈的连衣裙，反而听到最多的是，"她男朋友好宠她啊！"不是每个人都想要富足的物质生活，但我想没有人不想要被宠爱的幸福。

其实找一个很宠爱你的男朋友，就是找一个很爱你的男朋友。一个很爱你的人，因为舍不得你受委屈，舍不得累着你，就一定会想方设法地保护你。因为想让你开心，所以会用尽力气去宠爱你。

那天我问闺密，有什么目标是今年想要完成的。她说，想找一个宠她宠到天上的男朋友。

如果你越来越胖，那就是爱对了人

01

我上次见童童的时候，她长胖了很多。本来她是锥子脸的，现在她的脸肉肉的，让人有想捏一把的冲动。

从前她真的是对自己要求很苛刻的人，为了保持身材，吃东西之前都一定要查一下卡路里。记得那个时候，我们吃曲奇或者蛋糕，她都只闻一下，然后叫我们赶紧拿开。像她这样对自己狠得下心来的女孩，怎么会长胖的呢？

她说，自从谈了恋爱啊，男朋友就不让她减肥了，每天给她买好吃的蛋糕和卤猪蹄，晚上还要带她去各种店吃她喜欢的小龙虾。我真的很想问她，这种男朋友是在哪儿找的。

02

我见过恋爱里各种状态的女孩，有的把神经绷得很紧，有的却活得更像自己了。有的女孩说:"如果你不时刻保持好身材,男朋友会嫌弃你的啊,说不定哪天就跟漂亮小姑娘跑了。"

但我想啊,一个男孩如果真的喜欢你的话,是不会对你有那么多要求的。

爱你的人,无论你变成什么样子,他都不会嫌弃你的。

像我这样没有被人很肯定地爱过的人,是不敢松掉那根绷紧的弦的。因为我怕我变丑了,就没人喜欢我了。但我朋友说:"其实你真的没必要对自己那么苛刻,像我,就希望我女朋友可以多吃点、长胖点,要那么瘦干什么?肉肉的更好看啊。"

所以第一次见面的时候他女朋友还是个小V脸,后来几次我看到了她的双下巴。而我也越来越觉得,肉肉的脸也很好看啊,我想是因为笑起来满是幸福的样子吧,所以整个人就算长胖也是好看的。

幸福的爱情是最好的化妆品,不是吗?

03

再来说说长胖这事儿吧。除了那些天生体质就是易胖的人,还有一种人很容易长胖,就是生活得很幸福的人。

有人问我,哪种方法减肥效果最快。我想都没想就说:"失恋啊。"真的,我失恋那会儿,一周瘦了10斤。我朋友啊,一个常年的大胖子,失恋的时候三天就瘦了6斤,有效吧?

因为失恋会导致人精神上极度的悲观和压抑,进食减少,运动减少，你身体的各个器官都像感觉到了你的难过，精神的消耗转成了身体的消耗，体重就会骤降。

而那些处在幸福中的人，可能喝水都是会长胖的。为什么说生病了，想要恢复得快，就要保持心情愉悦呢？因为快乐是最好的补品。幸福也是。

记得有一句话是这样说的，嫌弃你的那个人也许不够爱你。因为爱你的人不仅仅会包容你所有的缺点，更是希望你越来越好，越来越快乐。你见过那些很爱女朋友的男孩嫌弃过她女朋友吗？可能也会说她两句，但那都是打情骂俏。

失恋会使人感到悲伤，会给人的身体和精神带来负面影响，但它终会随着时间的流逝成为过往，再也不能伤害到你。很多人都会羡慕那种在恋爱中变胖的女孩子，她们的脸上总是洋溢着幸福的笑容，她们的男朋友从来没有让人失望过。她们能遇见，你也可以。总有一天，你会遇到那个你想和他共度余生，他也想和你拥有未来的人。

以后的人生，你只想和他谈一场甜甜甜的恋爱。他会宠着你，你的所有缺点在他看来都是你可爱的一面。他会带你去吃遍全世界最好吃的食物，总会给你买你喜欢的食物和礼物，把你宠上天，让你成为所有人都羡慕的小公主。他不舍得惹你生气，不舍得让你辛苦，更不会让你受到伤害。

和他在一起，你会变得越来越开心，会比单身的时候过得还要好，你会有幸福肥。他的愿望就是希望把你养得圆圆的，让你永远都幸福、快乐。

快乐的人容易变胖，轻松的人容易变胖，没有压力的人容易变胖，被爱的人容易变胖，幸福的人容易变胖。如果你越来越胖，那就是爱对了人。

那么走吧，跟我去吃小龙虾。

第 2 章

漫长的生命里　你曾是我的全部

活在自以为很酷的世界里，卸掉伪装感到悲伤。时间不能长久就别拥有，一边拥有一边清零。当时的承诺情真意切，当时的誓言发自肺腑，当时的点点滴滴有着不可磨灭的印记。但终归是有时效的。就算删光了所有的联系方式，却删不掉他留下的记忆。幸好思念无声，要不然定会震耳。无论好的坏的，都能在夜深的时候想起。漫长的生命里，你曾是我的全部。余生太长，你好难忘，感谢你来过。

我不想再分手了

01

有些人,不是互相喜欢就可以一直在一起的。也不是好不容易在一起了,就不会轻易分开。

人越长大就越能明白,感情是世间最难得也最容易失去的东西。得到一份感情很难,你要付出很多很多。可是你付出了那么多,那个人仍旧可能因为这样、那样的原因离开你。认真爱过却又全部失去的感觉,太难受了。

那天我在微博上看到一个人问:"手机坏了你是选择去修,还是买新的呢?"

有人说:"修太麻烦了,旧的不去新的不来嘛。"有人说:"我会修的,毕竟这部手机用了那么久,我对它有感情。"

其实一段感情也是这样。如果在感情出现了问题的时候,所有人都想尽办法去修补的话,就没有那么多辜负和后悔的爱情了。

"你知道恋爱5年,同居3年后分手是什么感觉吗?""结过一次婚,离了。"

小小每次提起那个她爱了5年的前男友时，都一脸苦笑地自嘲说，她是离过婚的女人了。

小小与他朝夕相伴3年，几乎每一天都在一起，吃同样的饭菜，看同样的电视剧，喝同一个杯子的水。他们一起见证了彼此人生中的好几个转折点，一起经历了好几件大事。他们已经不仅是恋人的关系了，还是亲人。

可这样亲密的关系，突然就在那一次很小的争吵中终止了。虽然他们的矛盾很小很小，但男孩说："我不想过这样的日子了。"小小挽留了，但始终是留不住的，这次他下定决心，真的要走了。

恋爱5年，同居3年，两个人从热恋到过日子一样的生活。他们住过500元一个月的出租屋，一起吃一块西瓜也能很开心。现在什么都有了，什么都在好起来，他却坚定地要离开小小了。

02

她分手那段时间，好多人都找不到她。小小关了电话，家里也没有人。再有人看到她，是在男孩家小区的长凳上。

那天她回到家里，发了一条朋友圈。她说："我不想再分手了。"是啊，在一起5年。男孩一定也在某个喝醉酒的夜晚抱着小小说："不要离开我。"他一定精心准备过好多礼物给小小，他们一定去过很多地方，吃过很多家餐馆，深夜醉到互相搀扶回家。

回忆太多了，他们在一起那么不容易，日子过得也明明那么不容易。

那句"我不想再分手了",我想还有下一句:"我再也承受不起分手的痛了。"

我们这一生的确会遇到很多人,谁都无法保证最后是谁能陪伴在自己身边。

后来你终于明白,有的人是注定要你失去的,可你失去的,不仅仅是这个人。

还有那么多年的青春,那么多年的爱。

深夜的朋友圈里总有人说:"我今天看到了很像你的人,但他不是你。"

"我也很喜欢,那个喜欢了你好多年的自己。"

每一个物是人非的故事背后,都无外乎包含了每个人的眼泪和痛苦。回忆是回不去的。

听人说,小小的前男友后来后悔了。被人骗了钱和感情之后,他又回来找小小。可我知道啊,小小今年11月就要嫁给那个对她很好的人了。

有的人在你松手的那刻,就注定了这辈子都与你再无干系。

下一次,我希望遇到你,在一起,走到底。

我再也没有精力去陪一个人长大了

01

我们看过很多电影,关于青春和爱情。当然,电影中最核心的词还是"遗憾"。遗憾不仅仅是和爱情有关,它还和年轻有关。好像所有的遗憾,都发生在莽撞的年纪。

朋友前段时间跟伴侣吵架的时候发了一条朋友圈,内容只有一句话:前人栽树,后人乘凉。

很多人都有这样的感触,谁都曾花尽力气去陪伴一个人长大。过程伤痕累累,结果却物是人非。爱情就是这样,从那个不懂如何去爱别人、如何享受被人爱的年纪,到会珍惜人、会珍惜爱的时候,过程漫长,并且痛苦。

我曾在跟朋友聊天时,听到这样一种说法:我希望找个年龄大点儿、恋爱经验丰富点儿的男孩子谈恋爱,别人已经把该教的东西教给他了,我就不用再一点点去教他,这样挺好的。

说这话的姑娘,曾经陪了一个男孩5年。那个男孩长大了,最后身边的人却也不是她了。

人哪，总是要在失去一些东西之后，才会懂得珍惜，也总是要经历过后，才知道下一次遇到同样的状况该如何处理。我们都成了"成长"的牺牲品。

年轻的情侣，总喜欢用争吵来教对方一个道理。可每生一次气，每爆发一次争吵，都是在消耗彼此之间的感情。很多男孩，就是在与女朋友的一次次争吵中成长起来的。

比如，我曾经因为生理期，肚子疼得不行，男朋友却还要让我帮他买一瓶水而气到哭。他不懂那种痛，所以他觉得也不会痛到连一瓶水都买不了。我和他争吵是我认为他太不体贴，一番争执过后，他终于知道，女孩子生理期的时候，不光心情不好、特别脆弱，还是真的很难受。这就是用争吵换来的东西。

比如，朋友曾经因为男朋友忘记了她的生日，也没有准备礼物给她，而爆发了一次争吵。那次后她才知道，原来她男朋友根本不知道，女孩需要惊喜和仪式感。后来男孩学会了在女孩生日和他们的纪念日时，给女朋友送上礼物和惊喜，这也是争吵带来的成长。

02

情侣之间为什么非要用争吵这种方式来教对方成长呢？坐下来谈谈不行吗？有时候还真的不行。

有些事情的重要性，用"谈"是无法让对方意识到的。只有当你的情绪集中爆发在一个点上，争吵严重到影响双方的关系时，他才会意识到原来这件事情是这样的,对你来说是重要的。

男孩在每一次争吵中成长,女孩在每一次争吵中被消耗。其实没人想用这种方式来教会对方一件事,我们都是迫不得已,找不到更好的方法了。

渐渐地,我们也不想再吵了。后来的争吵,每一次都有"我快坚持不下去了,可是你怎么还是不懂的感觉"。每一次我都在崩溃的边缘,那句"我们分手吧"差一点点就要说出口了。

有人坚持到了最后,陪着那个自己带大的"小男孩"走入了婚姻的殿堂。有人离成功就差一步,最后那个自己带大的"小男孩",在别人那里当了英雄。

不敢轻易开始一段感情,不是因为怕对方不是自己理想中的人,而是怕当你百分百地投入之后,却还是眼看着这段感情,在一次次的争吵中,被推下悬崖。

年轻的时候,我什么都不怕。我喜欢一个人,就拼了命想要跟他在一起。可现在我怕了,我怕我们一起经历了无数的困难之后,还是不得不放弃这段感情。我怕我教会了你所有的事情,最后你却在别人那里当了一个"理想型"男友。

我承认,我再也没有精力去陪一个人长大了。栽树太难,也想乘乘凉。

我终于找到了他不当面说分手的真相

前段时间，我朋友的微博收到了一个女孩子的私信。这个女孩是他前同事的前女友，现在找不到前男友了。俗话说，只要女孩想找到的，就没有能藏过她眼睛的。这不，翻遍了两千多条微博，她找到了前男友的前同事，也就是我朋友。

她在自述中反复提到，自己很痛苦，很绝望，想要轻生。我原以为这是正常的被分手反应，后来才看到，原来男生并没有当面跟她说分手，甚至连一句"分手"的话都没有说。女孩很喜欢他，我能看得出来。

爱情可真是个浑蛋，在一起的时候得两个人同意，才叫在一起。可分手呢？凭什么他一个人决定分手，就叫分手。

我记得几年前遇到的那个在街边买醉、哭到不能自已的女孩，她也是被分手的。她男朋友没有跟她说一句要分手的话，可是他做了男生们最擅长的事，用冷暴力逼女孩说分手。

"这是什么事儿，你不爱了就跟我说，要分手也跟我说，我难道还能勉强你继续爱我吗？可你连分手都不愿意跟我当面说，那从前算什么？"这是大部分女孩的真实想法。

为什么男生不愿意当面说分手呢，我们采访了几位"前男友"。

01

连分手都不愿意说的前男友认为：她应该懂吧，我那么久不理她，就叫分手了啊。

男生的思维都是这么奇葩的吗？哪怕你现在不喜欢她了，可毕竟这是你曾经喜欢的人啊。说句分手是能要了你命，还是能怎么样啊？你不说分手就消失了，信息也不回，还以为你出车祸了呢？

隔着屏幕说分手的前男友是这样认为的：怕看到她哭忍不住心软，又怕继续这样的日子让两个人都痛苦，所以就隔着屏幕说吧，这样双方更容易保持冷静。何况男孩说分手都是考虑了很久的，说句分手，不是征求意见，就是通知你一下而已。

这算是良心型（理智型）前男友了，但还是不敢当面说分手。一方面害怕自己心软，另一方面是明白自己不再想要这种生活了，隔着屏幕让他觉得更能理智思考。当然，他更害怕当面说分手会遇到一些突发情况。比如她的痛哭流涕，比如她的死缠烂打（这种情况不是没有）。

总之，这种隔着屏幕、冷静地给你发了一大段话和你说分手的前男友，其实是已经思考好了，不是情绪性地说分手。他说分手只是为了通知你一下，没有多大的挽回余地。

可是女孩不是这样想的啊，我们会觉得，不爱了你就当面跟我说，好好告别，这也是对感情最后的尊重。当然，也有女孩想要通过这最后的一面，做最后的挣扎。

02

冷暴力说分手的前男友持有这样的看法：我不知道怎么说，就让她说吧（这样还能减轻自己的负罪感）。

用这种方式分手的前男友都有一个特点，就是在分手的前一个月或者前一周，他会对你特别冷淡。首先，表现在他不主动找你了。其次，表现在你找他，他只会回一些"嗯""好"敷衍的话。最后就是你找他出来看电影也好、吃饭也好，他都会说："我有事。"他过生日的同学突然多起来了，乱七八糟的关系都冒出来了。

这其实就是男孩不喜欢你的表现，他在用冷暴力表现自己对这段感情的态度给你看，而且还没想好要怎么跟你摊牌。

如果你只是逆来顺受，受罪的只能是自己。时间长了，你当然就会先说分手了。你说了，他也会更轻松一点。

所以说，傻姑娘们，不管他是用哪种方式跟你说分手。只要他想跟你分手了，就是他不爱你了。**你也不想跟一个不爱你的人痛苦下去吧。放过自己。**

分手就分手，我找"小奶狗"！

男朋友说他睡了，
我却在朋友圈里看到了他在酒吧的照片

01

聊天的时候最无法避免要聊的内容，就是感情问题。

有一次我和薇薇打电话，彼此聊完了工作和未来计划之后，她又主动提到，"他又给我发信息了。"我不用猜就知道，是在说她那个交往五年、分手一年多的前男友。

他们就是那种，连婚房都装修好了，却分手的情侣。

薇薇是那种对男朋友特别好的人。有多好呢？她会在自己只有五万块钱的时候，想也不想就把全部的钱转给那个说自己资金周转不过来的男朋友。她会在凌晨两点的时候，打车给男朋友送外卖，然后又赶回工作的地方继续工作。

人们都说，愿意为你花钱的人不一定爱你，但不愿意为你花钱的人一定不爱你。薇薇的前男友，给她买过最贵重的礼物，大概就是那条一千多元的项链吧。但薇薇在她前男友身上大概花了20多万元。他们谁爱得多些，一眼就能看出来。

他们最后决定分手,也不是因为什么大事,是薇薇的爱和耐心,被男孩一点点地摧毁了。无论她多努力工作,他都还是像从前那样,不求上进,只想着玩。无论她有多宽容,多辛苦,他还是会骗她。

薇薇无论何时何地都第一个想到他,而他却不知道什么时候才能想起有薇薇这个女朋友。

说到这里,肯定会有人觉得,是薇薇追的这个男孩吧。其实不是的,是男孩苦苦追了薇薇很久,得到了却不珍惜。最后分手的时候薇薇对他说:"我真的对你太失望了。"

女孩就是这样,爱的时候会付出所有,但当某一天她对你的爱,被你消磨殆尽之后,你就再也无法挽回她了。

02

像所有后知后觉的男孩那样,薇薇的前男友,在失去她后才知道,她有多好。但分手后,他很快就有了新目标,是在与别人交往之后,有了对比之后,他开始想念薇薇。

而分手以后的薇薇,因为失去了一个爱人和一段曾经以为可以白头到老的爱情,只能用工作来麻痹自己。

努力放在感情上不一定有用,因为感情是两个人的事。但努力放在工作上一定有用,它会回馈给你应该得到的东西。那段时间里,薇薇的收入又翻了几番,追她的男孩子也越来越多,每个都比她的前男友优秀。

而她的前男友呢，这个时候彻底后悔了。他整夜整夜地给薇薇发消息、打电话，微信被拉黑了，就换一个微信加薇薇，电话被拉黑了，就换一个电话接着给她打。

　　他哭着跟薇薇说："我知道错了，我都改了，我会为你努力的，我不会再骗你了，你回来吧。"和所有被爱情冲昏了头、被旧情蒙蔽了眼睛的小女孩一样，薇薇相信了他的话，和他复合了。

　　那时有人劝她："前任就像是一坨被风干的狗屎，远看像一块巧克力，但当你走近了闻，才知道那其实是一坨狗屎。"

　　复合后没几天，他们又吵架了。男朋友接连几天都说自己睡了，在晚上9点不到的时候。可是10点的时候，薇薇却看到了朋友圈里有人发了一张在酒吧的照片，里面的主角是他的男朋友，还搂着一个不认识的女孩。

　　她真的彻底对他失望了，这个男孩，一次次地用同样的招数来欺骗她，用她对他的爱来伤害她。

　　薇薇给男孩打电话，男孩解释说："是因为我不想让你担心，才撒了谎。"

　　可你怎么解释你搂的女孩呢？

　　这一次不管男孩再怎么挽留，再怎么装可怜，薇薇都不会回头了。她说："我不能在同一棵树上吊死。"

　　她已经彻底把他从她的生活中删除了。

03

男孩总是不懂,以为女孩是太蠢,所以才会一次次被他们欺骗,所以总是认为分手只是女孩威胁的话,哄一哄就好了。其实你不知道,是因为她爱你,相信你,所以才会轻易地被你欺骗。因为她从来就没想过你会骗她。

我问过一些女孩儿,她们最不能接受的一件关于爱情的事,就是对方欺骗自己,不管是善意的,还是恶意的。

我的一个朋友,只要男朋友晚上10点不回家她就会打电话给他,不是因为她非要查岗,而是男孩很多次骗她,说自己在家了,睡觉了,可其实却在酒吧或者别的地方喝酒。

男孩最喜欢说的是:"你怎么这么多疑。"

多疑不是空穴来风,而是我没有戳穿你太多的谎言,我为你保留着太多的秘密,因为我知道你欺骗了我太多,所以多疑。如果你想找一个不管你几点回家,不给你打夺命电话、不黏着你、也不想着你的女孩,很简单,找一个不爱你的就好了。

但凡是爱,都免不了会招你厌烦。为什么呢?因为是爱,所以常常失控。因为太在乎,所以才害怕失去。

女孩子没有你想的那么小气,我们可以接受年轻的男孩爱玩,甚至可以陪你一起玩,但你不能有意瞒着我或者欺骗我。

恋人之间,信任才是基础。倘若彼此不能坦诚相对,连携手一生的人都要互相欺骗,那我们的人生也太失败了。

我们可以有自己的小秘密和空间，但这么做都是为了保护爱情。人生已经那么难了，如果你还要花心思来和那个最亲近的人斗，岂不是太苦了。

你可以试试和对方好好沟通，真的可以解决你的担忧。如果你不能被对方所理解，那你就说出你真实的想法。如果你们两个人的三观实在不合，那么只要你尽了最大的努力，哪怕难逃分手，也没有什么好后悔的。

我们所期待的最好的爱情，大概就是，我们两个人，既是最好的朋友，又是最相爱的彼此。

"我那么爱玩的人，怎么可能动了真心。"

我一直以为，爱玩的人是很难动心的，至少不是我们能猜到的某一次。

在震耳的酒吧里，举起的酒杯都是风情，放眼看，明明四周都是机会。

那么爱自由的人，不会轻易就交付了真心。喝惯了烈酒的人，还会喝白开水吗？

对于爱玩的人来说，每一个有趣的人都是机会，恋情开始没人惊讶，结束也没人多问一句。记得朋友跟我说过，爱玩的人，怎么可能那么容易就爱上一个人。

在烟雾缭绕的地方喝酒、猜拳，在深夜里浓妆艳抹穿小短裙和高跟鞋，随手点起的烟，和别人不知道的恋情。也许有一些人本身就是浪子，很多东西是学也学不来的。

小小说："其实我本来就是浪子，怎么能渴望别人给我拥抱呢？"

我认识小小的时候，她是个抽烟、化着大浓妆，一到了晚上就不见人影的姑娘，而她只比我大三岁。

有一天我们见到她，她突然不画大红唇了，只是化了淡淡的妆。问了才知道，她谈恋爱了。后来每次有酒局找她，她都说不去了，我们再没见过她浓妆艳抹、穿着小吊带或者小短裙抽着烟的样子。

她变得努力生活和工作了。以前不会做家务的她，现在做饭很好吃，做家务也都很利索。每次叫她出去玩，她都说："不去了，我还要回家陪我老公呢。"

小小是真的想跟他结婚、过日子的，她以为对方也是这样打算的。可是没有谁会想到在小小正规划两人去哪儿旅行的时候，对方已经在想用什么理由来跟小小分手了。最后那个人没想出理由，说的是："我的确给不了你想要的生活，也确实不够喜欢你。"

那天小小组了一个局，她喝酒的时候有人问她，之前是不是真的动心了。

小小说："我那么爱玩的人，怎么可能动了真心啊？"她说得那么洒脱，却在分手后，当着很多人的面哭了好久。

后来不知道哪一天，她在朋友圈发了一句话："我也想回家，可没人等我啊。"

爱情真是捉弄人，那么洒脱的人，怎么就放不下了呢？其实躁动背后才是荒凉，那些爱玩的人，大多都有不为人知的故事和流过眼泪的过去。

你别把我当成酒场上爱玩的戏子，别把我的眼泪和真心当作不值钱的废物，你难道不知道吗？我是真的喜欢你啊！

有人说，千万别以为你自己就是浪子停靠的岸边，你没那么伟大。可谁知道，浪子之所以一直漂泊，是因为他看到过很多海岸，却没有哪一个肯让他停靠，也没有哪一个相信他会停下来的。一直走，是因为没人可以依靠啊。

遇到那个对的人的时候,浪子也好,普通人也好,都是会倾尽真心的,都是从此只想跟你在一起的。

可是啊,爱玩的人怎么会那么容易就被相信和抱紧呢?灯红酒绿不如你,你却不信我爱你。我爱玩是因为我怕自己受伤害,我安分守己是因为我想爱你。

可你永远都不相信我的真心,可你永远都不会爱我。

可是,我那么爱玩的人,怎么会爱了你呢?

她把朋友圈都删光了

01

人们谈恋爱的时候，总希望做一些事情来证明彼此的关系，例如有人说出那句"我喜欢你""我们在一起吧"。有人要买情侣装和恋人一起穿，有人要把他的昵称改成只有自己才能叫的爱称，要单独分组，要特别关注。有人发了朋友圈，宣告天下我们在一起了。这些不管是给别人看的还是给自己看的，都叫仪式感。

我朋友圈有很多喜欢秀恩爱的女孩子，男朋友送了口红，她会发朋友圈。过纪念日，她会发朋友圈。出去旅行，她也会发甜蜜的合照。

谈恋爱的时候，整个朋友圈都是他们幸福的见证。后来突然有一天，你想着再去看看她笑得很好看的照片时，发现朋友圈都被她删光了。她是分手了吧，因为删掉朋友圈，是分手时的一种仪式。一张张删掉两个人的合照，一条条去读曾经写过得幸福的话，我想人是不是就要用痛苦来折磨自己，这样伤口会好得更快些。

02

　　我知道，删掉朋友圈，是一件很痛苦的事。

　　那天我在翻朋友圈，看到很久没联系过的文子分享了一首林宥嘉的《浪费》。我想着很久没了解过她的近况，就翻了翻她的朋友圈。

　　刚点进去的时候，刷新的只有几条消息，我没仔细看，以为是最近三天可见。可我认真看的时候，发现最底部那条横线，没有三天可见的字样。她把朋友圈，删到了2013年。

　　我没有从剩下的朋友圈里，找到和她谈了好几年恋爱的那个男孩子的照片，连提及的话都没有。我脑海里第一个冒出来的念头是：他们分手了。

　　记得他们俩在一起的这几年，文子是朋友圈的秀恩爱狂魔。深夜的时候她会发："和翔子的深夜食堂。"旅行的时候她会说："想多和你看几次海。"纪念日的时候她会发翔子为她精心准备的房间的照片，并说："N天快乐。"朋友圈的我们一路见证了他们的幸福。

　　而她删完了朋友圈，删掉了所有和他有关的幸福回忆，删掉了自己一条条保存起来的情话。如果不是分手，她怎么可能舍得删除。

　　我听朋友说，文子一个多月前和男朋友分手了，不知道为什么。可我也记得，文子曾经告诉我，明年他俩就要结婚了。

03

  删掉朋友圈,是分手的一种仪式感。删掉聊天记录,删掉联系方式,删掉和他有关的一切,都是仪式感。同时也是为了让自己没有犯贱的机会。

  如果说发朋友圈是为了让别人看到幸福的话,删掉朋友圈只是为了告诉自己,你从我的生活里彻底剥离出去了。你看,我删掉了我们那么幸福的照片、那么甜蜜的情话,我朋友圈里从此干干净净,和你再无关系。

  也许我没有真正地从心里忘记你。但从行动上,我做了很大的努力去放弃你、忘记你。删完了朋友圈,我们就再也没有关系;删完了朋友圈,你就没有在我生命里出现的痕迹了。因为从我的朋友圈看,你就像从来都没有出现过一样。

  群里有人说,谁谁谁又删光了朋友圈。我想这是一个有故事的人,悲痛地告别过去的仪式。

  你也删过朋友圈吧?

我早就忘了心动是什么感觉了

01

我看完了《致我们单纯的小美好》这部电视剧的大结局。讲述了傲娇的江辰和元气少女陈小希19年间共同成长,从青梅竹马到错失后再次牵手的爱情故事。剧中的陈小希和江辰和好了,看到江辰在医院向陈小希求婚的时候,我觉得,这个总是别扭的男孩子,终于做了一件浪漫的事。不得不承认,这真的是我最喜欢的一部剧了。

以前认为,心动很容易,难的是心定。可越长大你就越容易发现,你不会心动了。喜欢一个人很容易,可我们现在更喜欢说的是,有感觉,感觉还不错。

但那种想他却不敢见他,那种每天故意从他的位置旁边走过,只为了靠他近一点儿,那种小鹿乱撞的感觉,已经很难再感受到了。

从前想的是,如果你可以早一点长大就好了,就可以正大光明谈恋爱,就可以和喜欢的男孩子做所有浪漫的事。长大了,你才发现,那个喜欢的男孩子已经离开你的生活很久了。你好像已经没有喜欢的人,也没有谁会陪你去做那些老掉牙的剧情里的事了,甚至连你自己都不太想做。

不管是谈恋爱谈得太久，还是太久没谈恋爱，心动的感觉好像都离你越来越远。谈恋爱很久的人，每天都变得差不多，和爱情相比，存在于两个人之间的更多的是习惯。太久没谈恋爱的人，日子也都是一个样儿，习惯了一个人看书，一个人做饭、吃饭，一个旅行。至于心动是什么，根本不知道。

02

我们从青春走来，却再也回不到青春。

其实每个女孩都曾经是陈小希。有的因为喜欢一个人，曾经坚持了很久，有的和喜欢的人在一起了，有的却始终没有和喜欢的人在一起。

就像陈小希一样，普通女孩、数学不好，但她就是喜欢上了那个优秀又好看的男孩子——江辰，而且无法自拔。她自卑，因为自己的普通；她着急，因为害怕江辰被别人抢走；她吃醋，可是又没有那个正大光明的身份。怎么追到喜欢的男孩子呢？她去查攻略，买早餐，打扮自己，故意去问不会做的题，等等。

恍然回头，这些事原来我们也做过啊。青春里的你我，谁不曾因为某个人，而乱了心率呢？但不同的是，电视有剧本，人生却是现场直播。

陈小希尽管和江辰因为这样、那样的原因错过了，最后却还是走到了一起。

而我们呢？也许最后还是能和喜欢的人在一起的吧，不过不是最初那个人罢了。

其实每个人也像吴柏松，都很喜欢过一个人，可对方喜欢的人，却不是自己。你想着，我对她好一点，我一直在她身边陪着，万一她哪天就不喜欢那个人了，而是喜欢我了呢？于是一喜欢，就是很多年。

你看着她喜欢的人离开她，想着这次总有机会了吧，可谁知道，她还是拒绝你。原来喜欢一个人和不喜欢一个人，早就是注定了的。她心里的人，永远不是你。

其实我们女孩都想有一个江辰。就像他最后说的，尽管这个世界上有很多比陈小希高、比她瘦、比她漂亮、比她优秀的女孩，但都与他无关。

希望，你喜欢我的时候，眼里只有我一人。

03

《致我们单纯的小美好》有了大结局。我们得从电视的剧情里回到普通生活中来。我观察了一下，身边更多的是为了生活琐事，吵得不可开交的情侣，还有单身很久，一直不谈恋爱的人。

长大了谈恋爱讲究什么呢？彼此之间感到舒服，合适。而从前呢？喜欢一个人是没有理由的，哪怕不舒服，不合适。

年轻时候的勇气，早就不见了。现在有多少人会没皮没脸地去追求一个人呢？当下如果我觉得对你挺有好感的，就约你看几次电影，吃几顿饭，浪漫一点的就是约你来场旅行，再多的就没有了。

你不和我吃饭，不陪我看电影，那应该就是不喜欢我，我也不会再耽误时间在你身上。大家都不是小孩子了，我们没那么多的时间去浪费。

我很少再听到有人说，"我真的很喜欢他""我没他会死的"。听到最多的是，"我真的很喜欢钱""我没钱会死"。

每个人都变了，当你真正处在这个社会当中的时候，你会意识到，在生存面前，爱情不值一提。不怪谁，只是我们不像那个单纯美好的时候了。

长大后发现，心动已经不是件容易的事了，那种怦然心动，那种小鹿乱撞的慌乱感。

这一生，也许不是每个人都有好运气，可以和喜欢的人永远在一起，最后可以和喜欢的人在一起。

但我仍旧渴望，有人能在平淡生活里，真正带给我心动。能在我认为自己不会再为爱情冲动时，再让我单纯地爱一次。

不想谈恋爱，他们都照顾不好我

大家都说谈恋爱很美好。但有一些人，是真的不想恋爱的。很多人坠入爱河的时候，都觉得幸福到不行，后来却又觉得，这里那里都不对。他好像没有刚在一起时那么好看了，肚子很疼的时候，他连水都不帮我倒一杯，那个电影我超级想去看，他都不愿陪我。

恋爱谈久了，也会觉得他不是自己心里的那个人。对的，他不是我想要的那个人。其实每个人心里都有一个理想男友的标准，不单是外表上的，还会衡量其他方面，例如他会不会照顾，例如他的性格是不是很好……

比起他好看的外表，我更希望他懂我。我希望他把我宠到天上去，我希望他从来都不会惹我哭，我希望他爱我比较多，我希望我对于他来说很重要，我希望我做的事情他都能懂。可是这样的人没有几个吧？谁也不一定能遇到。

安妮大概是最不想谈恋爱的人之一了。她以前是个爱情至上的人，觉得谈恋爱是一件特别棒的事。可现在你要是让她谈个恋爱，她会跟你说："我还是一个人吧，没人能照顾好我。"

为什么她现在已经恐惧谈恋爱了呢？在她还在和那个前男友谈恋爱的时候，可以说是被伤透了心。出去唱歌、喝酒，不论多晚，她都是一个人回家。生病了也是自己去医院。看电影、吃饭也常常是一个人。

有人问她："你是单身吗？我给你介绍男朋友吧。"她说："不是啊，我有男朋友的。"话说完，她突然有点想哭。

以前的安妮不是一个会照顾人的人，当然也不会照顾自己。但她现在能搬得动几十斤的重物，会修水管，会装窗帘，做得一手好饭。她那么独立，根本不需要男朋友。应该说是她前男友让她不得不变成了一个独立的女孩。

男朋友那么好，可他什么都不能给我。我还是不能轻易倒下，因为身后仿若无人。后来我们遇到很多人，他们问我们为什么在喝酒时会红了眼睛，他们问我们为什么总是一个人，我们摇摇头，什么话都不说。

有人说："有时羡慕两个人，有时庆幸一个人。找不到那个懂我的人，我觉得一个人也真的挺好的。"

也有人追我，送我几次花，说几天情话，我说不想谈恋爱，就不再和我联系了。这是喜欢吗？不是的。连喜欢都不是，就更不是懂我了。

女孩想要的其实不多，只求你爱我、宠我、包容我，我撒娇时你笑着说好的，我心情和想法你都可以理解。可有几个人能做到呢？

我一个人的时候其实挺好的，饿了就吃，难过了就哭，想干什么就干什么，没人要求我，也没人让我不顺心。虽然那些一个人时的夜晚，我也想有个人来陪，但比起冷漠的两个人在一起，那我还是更宁愿自己一个人照顾自己。

"从朋友圈看,你家里跟马云爸爸一样有钱。"

01

我有个朋友,叫kk,听说家里还挺有钱的。我跟kk是高中就认识的同学了,也经常一起吃饭。

不知道大家生活中聚会是怎么样的,在我们这儿,基本就是AA制,如果人少的话,就会一人请一顿。

有好几次是这种情况,会让某个人先付钱,然后大家一起凑钱给付钱的那个人。这种大家都是明摆着说AA的,就没理由再逃单。但是真不,就有一些奇葩,就算是明摆着说AA也不会给钱的,kk就是其中一个。

好几个朋友都抱怨说,事后从来没有收到过kk的转账。一次可能是他忘了,但次次都忘了还说是记性不好的话,可能应该去看看脑科。

这就算了吧,再翻开kk的朋友圈,这家伙,吓人!"今天给妈妈一份礼物",附上转账十万的截图,是的,十万。然后,第二天又会看到他发的状态,一个银行流水单,×××公司又接了个大项目。看起来这么有钱的人,连60块的饭钱都不会给。

02

说实话,我遇到的奇葩,还真不止kk一个。

这是个"富二代"朋友,按他自己的说法,他家里是开公司的,做金融,有很多套房的那种。有次跟他聊天,无意中问到他一个月的花费,人家就淡淡地一句:"大概三四万吧,也不算很多。"

闺密曾经跟我吐槽过,他穿的也是几百元牌子的衣服,配饰也是很普通的时尚品牌,也没见他请吃一顿饭,不知道那么多钱是花在哪儿了。

说到配饰,他有一块表,光听牌子就像奢侈品,但其实每个品牌也都是有不同价格的配饰的。大概三四年前的时候,他第一次戴那块表出来。我们都觉得挺好看的,就问他多少钱。他真的是一副云淡风轻的表情说:"五万多一点儿。"

当时不懂啊,就觉得这些东西是明码标价的,完全没有怀疑。只是觉得,他可真有钱。要知道当时我做着3000元一个月的兼职,真的,我觉得真的好贵。

后来毕业工作以后,也接触了一些品牌,当我再次看到跟他戴的一样的表的时候,价格吓了我一跳,5000元。我以为少看了个零,看了两遍,还是5000元。

这事儿我没和别人说过。直到后来,有人再跟我吐槽他的时候,回忆了几年的历程,这个"富二代"真的从来没有请我们喝过一杯奶茶,更别提吃一顿饭了。并且,他也几乎是从来不会在AA制后,给饭钱的那种人，朋友圈却展示的是奢靡的景象。

现在的"富二代"，是看不起一顿几十块的饭钱了吗？要知道，我们每天的饭钱，还得控制在20块以内呢。

我见过很多这样的人，朋友圈里也有很多这样的人。从朋友圈看，他什么都不缺。豪车，别墅，美女，是生活日常。可是真的到生活中了，他们有几个是真的过着这样富足生活的呢？

开玩笑、吹吹牛完全没问题，太过了就不好了。

如果你实在想每天在朋友圈装×，又不被人骂的话，麻烦下次你付一下AA制的钱。

我们佩服真实的炫富，那都不叫炫富，那就是人家的日常。但请你看清你的现实生活，不要被自己制造出来的幻境而蒙蔽了。

钱只是生活的一部分，有钱固然好，谁不想成为王思聪那样的富二代？可是没有钱也并没什么丢脸的呀。反而是打肿脸充胖子，被人识破后，才更尴尬呢。

你说是吧？

你这么懂事，难怪他不心疼你

01

之前有句话说，会哭的孩子有糖吃。想一想，的确是这个理儿。有很多人，是哭不出来的或者不会在人前哭。

那天听到朋友抱怨说，她自己真的太委屈了，她男朋友完全不清楚自己想要什么，也不会心疼人。也是她说，她几乎从来不在男友面前哭，会觉得没面子。

其实她也是会哭的，不过是在洗澡的时候，睡觉背过身去的时候……总之是在别人看不见的时候，她才会哭。

太爱哭的女孩子，会被人说爱哭鬼。不会哭的女孩子，会被人觉得太坚强，难以靠近。我的这个朋友就属于后者，她把所有委屈都往肚子里咽，她觉得自己能够扛得下来。这不就是我们每个人倔强时候的样子吗？

很多人常常说着，"我不难过""我没事""我可以"，其实心里特别难过。但因为不说出来，所以没人懂。所以好姑娘们最后只得到一个"好"字。

有时候，适当地示弱，不做烂好人，对自己是一件好事。

02

"我生日时他没有送礼物，连生日快乐都没有和我说。""衣服他从来不洗，家务他从来不做。""我们家所有事儿都是听他的，钱也是他管。"当我的朋友——安静和我讲到这些的时候，我突然有些不能理解了。她就是我们口中的，那个好得不能再好的"好女孩"。

她说，她几乎没有勉强过男友做过任何他不喜欢的事。而且他想做什么，她都会支持。两个人住在一起，又不是已经结婚、生子，并且在双方都有工作的情况下，家务不能只是一个人做吧。女孩子洗洗衣服，男孩子拖拖地，女孩子买买菜，男孩子做做饭。可安静跟她男友不是这样的，她买菜、做饭、洗衣服、拖地，总是她一个人做家务，但她还有工作。可男孩呢？久而久之，他认为这一切都是安静作为女朋友应该做的，他感觉不到，安静是在为他付出。

那天安静和别人打电话的时候，她的声音已经很轻了，可她男朋友还是不依不饶，最后还是安静妥协。可明明不是她的错啊！

03

两个人在一起，是需要双方都付出的，也需要两个人都退让的。像安静这样只是一味地付出，对男友巨好巨好的女孩子，最后却落得一个悲伤的结局。

如果很长一段时间,你对一个人太好,当然会累。而当他习惯了你对他的好,也就感觉不到你为他的付出了。所以你要把你的委屈、你的看法、你想要的东西,都说出来。有问题要去解决,不能一味地忍让,否则最后只会让自己失望。

为什么我们说,痴情的人也最绝情?总有男生说:"现在的女孩子都太拜金了,没几个人愿意陪我过苦日子的。"但其实呢?喜欢你的人,无论你贫穷还是富贵,女孩子都不会轻易离开你的,除非是她真的在感情上对你失望了。

像安静那样的好女孩,有太多太多了。她们不会跟对方表达自己为什么不开心,不会让对方做为难的事。她们一直默默付出,并且觉得这就是爱。也是这样的女孩,最后会说,"我那么爱你,可你为什么不愿意为我改变一点点?"

<h2 style="text-align:center">04</h2>

傻姑娘,也许是你要的太少了,也许是你表现得太懂事了。下次,你不想做这件事的时候,你就告诉他为什么不想做。下次,当你感觉到累了的时候,你就让他帮帮你,告诉他你为了这段感情付出了什么。如果他爱你,他也不会一味地让你累着,他终究会为你长大的。

也想跟男孩们说,别说这个世界上都是拜金女。那个陪你吃苦,陪你委屈的女孩不会轻易离开你。但倘若有一天她真的选择放弃你了,不是因为你没钱，而是因为你真的不上进或者真的对她不好。**如果她拜金，她当初就不会选择你呀！**

多看看对方为你做了什么，也许爱情会更容易长久。好姑娘那么多，希望她们都不要被辜负了。

你为什么单身，心里没数吗？

01

我身边有很多单身的人。但那种又优秀又好看的人单身的很少，而且这一类人中的多数，单身的原因是因为他们对自己的另一半要求高。

那么普遍的单身的人是什么样的呢？要么是自己条件一般，却想找一个完美的另一半；要么是"直男癌"到骨子里，还挑来挑去。

有些人说："我觉得自己挺好的呀！"但当你问他："如果是你选择，你会跟你自己这样的人谈恋爱吗？"他的回答却是否定的。

你为什么单身。其实你自己最清楚。

我有一个朋友，总是叫我给她介绍男朋友。她的要求是，高的、瘦的、白的、帅的、有钱的、体贴的，还得非常爱她，最好没有谈过几个女朋友，没有难忘的前任。

我每次也只是当玩笑听听，觉得真的当你遇到了，这些标准都不是硬性的。

而且她自身条件一般，长相普通，身材也不够好，戴着黑框眼镜，不爱打扮自己，每天的爱好是看帅哥。

有人给她介绍了一个理科男,男孩长得还算清秀,就是不太懂风情。男孩对我这个朋友还挺有好感的,常常请她吃饭,带她去看电影。那次男孩试探性地问她:"我们是什么关系。"她说:"朋友啊。"

后来她很不屑地跟人说:"就他这样,还想当我男朋友呢!"我当时特别想跟她说,你也不是啥天仙,人家凭什么不能当你男朋友了。

你又不是什么大美女,工作也没多出色,自身条件差就算了,还不去努力,又想要找个完美男友,只能做梦了吧。

你为什么单身,不是别人眼光不好,而是你的确不好。

02

还有一些人有"直男癌",觉得自己特别优秀,觉得这个女孩不够好看,那个女孩不够贤惠。请问,你是家财万贯,还是什么绝世好男人,女孩子不找你就得后悔一辈子?你都不是吧。

人们单身都是有理由的。有人选择单身,是为了给自己提升的空间。有人被迫单身,是因为没人看得上自己。还有人单身是为了等待自己真诚的爱情。但原因是哪一种,只有你自己知道。

谈恋爱不仅仅要看条件,还要看这个人的方方面面。女孩,你很好看,你很努力,你很贤惠,你很懂事,这些都是你值得被爱的理由。男孩,你很帅,你很上进,你对女朋友很好,都是你有选择好女孩的权利的条件。但没有谁喜欢那个又普通,又不上进的人。

你为什么单身,心里没×数吗?

这样的男生不配拥有爱情

01

在爱情路上,女孩遇到一个好男孩当然很幸运,不论是否能走到最后,就算是短短一段路,也会让你享受到幸福与被爱。

可遇到渣男,好像是很多人生命中必须要经历的事。一个渣男对人的改变有多大呢?他可以让你彻头彻尾地变成另外一个人,在感情和生活上让你受尽折磨,也可以让你一夜长大,懂得了吃一堑,长一智。

那些伤害女孩太深的渣男,那些违背道德的渣男,真的不配拥有爱情。

楠楠上个月跟我说,她还有一个月就要生了,她给我看孩子在肚子里抠鼻子的动画,满脸都洋溢着幸福。

她和男孩谈了3年恋爱,和他家里人关系都很好,男孩出去当了两年兵,楠楠也一直等着他。她忍受着很久才能打一次电话的思念,也期待着一年见几次的那些日子。中间有很多好男孩向她献殷勤,但她都跟别人说:"我很爱我男朋友。"

楠楠问我打算什么时候结婚，我说还早吧，我想多挣些钱，多谈几年恋爱，多玩儿一会儿。楠楠说，她想早点稳定下来，给他生个孩子。我觉得挺好的，但是要在两个人相爱的前提下。

大概有二十多天没和楠楠联系，前几天我看留言的时候突然看到楠楠在我推送里给我留言，她说："我爱了3年的男朋友爱上了他认识几天的女孩，我们结不成婚了，可我这个月就生了。"

我头脑一片空白，完全不敢相信这样的事情发生在我最可爱的朋友身上。我小心翼翼地问她怎么办，她说："我拿了钱和房子，一个人养吧。"语气跟上个月完全不同了。

男孩发了朋友圈说："我遇到了我的真爱。"楠楠的朋友圈转发了别人结婚的照片说："真好。"

如果不出意外，明年楠楠会抱着她的孩子，做一个美丽的新娘，嫁给爱了3年的男人。可现在，一切都变了，孩子没了爸爸，楠楠没了爱人，也很难再相信爱情。

02

我跟歪歪说了这事，歪歪说："那我就祝这个男的永远得不到真爱吧。"坦白说，我想冲过去质问他为什么要这样对楠楠。但我没有，因为楠楠说："既然他喜欢，我就成全他吧。"

楠楠失去了筹码，也失去了生气。不知道我什么时候再能看到那个曾经活泼的，对爱情和未来都充满美好期望的楠楠。

真爱是什么？是为了那个认识几天的女孩就抛弃自己谈了3年还怀着孕的未婚妻吗？不是吧？

我见过马上要结婚的男孩又遇到了他曾经很爱的初恋，他没有抛弃自己的未婚妻，他选择的是承担自己的责任，不是年少轻狂，负人真心。

也许会有人一见钟情，遇见真爱，在你单身的前提下，一秒钟认定真爱都没人会说什么。可你不是，身上有牵绊的人，如果真的不顾所有去追逐真爱，如果背信弃义去追求真爱，真的对吗？

当那些好女孩遇到一个这样的渣男跟她说真爱的时候，她真的敢去相信吗？她能义无反顾地去爱吗？

03

我觉得身为一个男孩，你可以有追求真爱的权利，但你更要负起你该负的责任。要知道，你辜负的那个人，她也许会因为你的伤害而改变了一生的轨迹。她本是个洒洒脱脱、爱笑爱闹的小女孩，你看看她后来的样子，真的无愧吗？

任何人都有追求真爱的权利，但希望你不要再像个小孩子一样，烂摊子要收拾干净，别辜负别人的真心。如果真的一定要伤害一个人的话，请你尽力把对她的伤害降到最低。在伤害她的时候，想想她曾是那么相信你，义无反顾地爱你。

也许你现在年轻，也许你现在身边美女环绕，但辜负的都是要还的。你现在辜负的人和感情，总有一天别人会加倍还给你。

希望女孩们都能被善待。让坏男孩原地爆炸。

"上帝不会亏待痴情的人，一般都往死里整！"

01

如果现在有人问我该怎么谈恋爱的话，我一定会说，如果满分是10的话，爱人千万不要超过7分，更不要爱到10分。甚至我想跟你说，你应该爱自己有6分这么多。

我们都会想，谈恋爱的时候要是遇到一个痴情的人就好了，就不用担心他约其他的小姐姐出去玩，也不用担心他什么时候就不爱你了，因为你对他来说是最重要的。可你千万不要当一个痴情的人。身边大大小小的爱情故事那么多，有几个痴情的人有好结果呢？

但凡痴情，都摔得粉身碎骨。

02

周周失恋了，跟她异地一年的男朋友在前几天说了分手。虽然她每一次谈恋爱都说自己找到了真爱，每一次分手都痛苦得让人难过。但这次，真的不一样了。

以往失恋，她大不了哭几场，醉几场，喝醉之后在凌晨哭哭啼啼地给前男友打几个电话，抱怨他为什么要抛弃她。不出一周，她就可以好起来。

但这次，她在分手的第二天晚上买了机票去找那个异地的前男友。她甚至说要放弃在这边的一切，去他在的城市找他。周周说，只要他能回头，她做什么都可以。我知道，她是打算要跟这个男孩结婚的。

为什么说上帝会把痴情的人往死里整呢？那天周周去了前男友在的城市，一开始男孩是怎么都不愿意见她，说不想再让她有什么念想，不想吊着她，事实是，在分手的那一天，他谈了新的恋爱，在和新女朋友你侬我侬。

男孩给我打电话，说让我劝劝周周早点回去。我却听到电话那头周周边哭边吼"你为什么骗我"，让人感到心碎。

后来我才知道，他们在大街上撕扯，周周在马路中间哭，她甚至要跪下来求他不要走了，但他已经有了新女朋友。

分手一个月以后，我见到她，还是一副魂不守舍的样子，不知道怎么才能好起来。

03

我们都希望遇到痴情的人，也同样恐惧当一个痴情的人。因为非你不可的爱情是不允许失去的，一旦失去了，就等同于整个天都塌下来了。

你越痴情，最后分手就越痛苦。**你可以很爱一个人，可以全情投入，但你要更爱自己。**你应该做好陪他一生的准备，同样也要对于他随时要走的可能有所准备。不是说你投入了全部的感情，这个人就不会离开你的。

我见过大部分痴情的人都没有好结果，大部分都要死要活，有跳楼的，有跳河的，甚至还有割腕的。因为太爱对方了，所以没办法接受失去。可你能伤害到的，除了是自己，就是那些还爱你的人了。

那个离开你的人，也许他会感到愧疚，但你得到什么了吗？只有愧疚而已，你们不会重归于好。

其实你发现了吗？一个人越是痴情，就越容易失去。因为感情的浓度到达一个顶点，人会做出一些本能反应。对方有一点儿不对劲，你都会猜东、猜西，这样也加快了失去的速度。反而是那些说着我们试试，抱着轻松心态去谈恋爱的人，会走得更轻快，更远些。

爱情不是生活的全部，你也不是失去了谁就不活了。痛哭过后，还是要开始新生活。不信你看，他才分手一周，就有了新女朋友。

他喜不喜欢你，看聊天记录就知道了

要分辨一个人喜不喜欢你，可以通过聊天记录知道。他从前喜欢你，现在不喜欢你，也可以通过聊天记录比较得出结果。

喜欢一个人的时候，自己就会变成话痨，一点点小事都想说给他听。

你喜欢我的时候，你说过很多小事给我听。你喜欢我的时候，你说过很多情话给我听。那时你还喜欢我，那时的聊天记录里，你说了很多的话。

有一天失眠到凌晨四五点。天快亮的时候，我鬼使神差地打开电脑去看相册。看到了很多从前的聊天记录，留言板回复的截图。我突然很想一个人，打开对话框的时候，我们说最后一句话的时间已经是一年前。你说："我们算了吧。"

我回的那个"好"字，就成了我们之间的最后一个字。

打开对话框，翻到和你的聊天记录能保存到的最开始那天，我认认真真看起了关于过去的回忆。在那个凌晨，我看了笑，笑了哭。看得心头甜，也看得心里苦。从开始看到最后，从看到你最初和我说了很多很多话，主动找我的那些小借口，到后来你的回答越来越敷衍，也不再主动找我。你喜欢我到不喜欢我的过程这么明显，我还是没发现。

到分手前的几天，我们的对话已经变成了：

"早安。""。"

"晚安。""。"

"你在干什么？""没什么。"

"一起吃个饭吧。""可能没时间。"

我怎么就没发现呢？你的喜欢和不喜欢，都在聊天记录里表现得那么明显。

看过你喜欢我的样子，就知道后来你是真的不喜欢我了。不喜欢的最明显特征，大概就是不想和你多说一句话。也不想听到你多说的任何一句话。没话可说，也没感情可以再谈了。

那时我喜欢你，聊天记录里都是我对你的喜欢。我说很多的话，我们从诗词歌赋也聊到人生哲学。后来我小心翼翼，开始变得不像最初那样，什么话都可以直接和你说，因为察觉到你开始不在意。

我们从熟悉、相爱到陌生的过程，也许我自己都记不清了，但聊天记录都记得。回看过去的那些聊天记录，很多种情感在我心里翻涌。我想你，也终于有些释然。原来所有离开都是有征兆的，只是当时的自己看不到，或许是假装看不到。

看聊天记录才知道，我们也从无话不说到无话可说。看聊天记录才知道，你真的已经不喜欢我了。女孩，想要知道他还喜不喜欢你，可以去翻翻聊天记录。

放过我吧

01

朋友圈有一段时间里都是失恋的消息。

那天朋友给我看了一条短信,是她编辑的。内容很长,但我看到的最后一句是:"放过我吧。"这条短信是她发给喜欢了很多年的男生,她说,这次真的不想再犯贱了。这句话比"算了吧""就这样吧"都要让人难过。其实它的全句应该是:"求求你,放过我吧。"

热烈爱着的时候,深情坚持着的时候,一定没人想到,有一天你会乞求那个自己爱着的人,放过自己。

朋友喜欢他很多年了,多到我们都记不清青春时的喜欢,到底是怎样开始的。他呢,没说不喜欢朋友,也没有说多喜欢朋友,至少没有喜欢到可以和朋友到了谈恋爱的地步。

就像《暧昧》那首歌里唱的,"暧昧让人受尽委屈"。这么些年,没名没分地待在一个人身边,还要面对和忍受他时不时带来的女朋友,能不委屈、能不难受吗?

人的心是肉长的,但被戳伤太多次也就死了。于是在无数次的绝望和希望中，朋友说："我受够了这种不明不白。"所以她发了那条短信。

的确是，女孩总是喜欢一次次地去欺骗自己，去作践自己。但如果，男孩们但凡有一点儿良心，就不应该理所当然地去享受那些不属于你的好，耽误不应该被耽误的人。与其说是女孩子太痴情，不如说是有的男孩太渣了。明明不喜欢人家，又给人家希望，又不让人家去有别的异性朋友。

02

有些渣男，就是爱霸占着你，又不喜欢你。

我读大学的时候遇到一个学长，当时学校里还挺多人喜欢他的，包括我的室友七七。七七对他一开始就表明了心意，天天给学长送水、送书、送笔记，但凡是她有的，都给他。说得难听点，不知道从什么时候起，她变成了一个备胎。

那个学长一边享受着七七对他的好，又一边追着别的女孩子。七七知道他追别的女孩后，想着就放弃吧，既然对方不喜欢自己，那也不要勉强。那一段时间里，她都没再跟学长联系。

大概过了一周，学长主动找到了七七。他说："最近都没见你啦，还有点想你呢。"这样的话，对于一个喜欢过你，并且可能还喜欢着你的人来说，简直就像看到了胜利的曙光啊。

七七当天回来和我说的是："他好像有点喜欢我。"这姑娘真傻，学长一边跟她继续暧昧着，一边其实已经谈起了恋爱，她不知道自己已经"被小三"了。

后来我们都毕业了，听说学长还是总和七七聊天，但那时候七七已经不怎么回复他了。

03

人不会一直傻的，你说是吧。谁都会成长啊。遇到渣男简直就像是命中注定的事儿一样，就像青春总是和遗憾有关一样，好女孩总是和渣男沾得上边儿。但青春里的遗憾总也会过去，好女孩遇到的渣男也会长大。

欠别人的迟早是要还的。

如果你不喜欢人家，就不要拖着人家了。明明知道不喜欢，明明知道不会跟她谈恋爱，又理所应当地享受着人家对你的好，真的不会心里有愧吗？

是，她对你好是应该的，可那是因为她喜欢你，想跟你在一起啊。

玩弄感情的人没有好下场，也不值得被人真心对待，而且他自己的真心也会被践踏的。

我很喜欢你，所以拼了命地对你好。可如果你不喜欢我，又不告诉我，那我会更难过的。在一次次希望里绝望，那才是最痛苦的事情。

如果有一天我不喜欢你了，那一定是你逼的。

你可以不喜欢我，但请不要践踏我对你的喜欢。

"你们有45个共同好友,是否添加对方为好友?"

01

我听过分手后的人说得最多的一句话是,"未来不是他,我觉得跟谁在一起都无所谓了"。最难过的事不是两个人从来没有在一起过,而是在一起后,发现彼此不适合。这世间最毒的,是有缘却无分。

以前认为,两个人只要相爱就可以在一起。后来发现,生活中有那么多磕磕绊绊,不是仅凭爱情,两个人就可以走下去的。

有缘,所以能相遇。无分,所以要分离。

西西的恋爱开始于互相添加好友,结束在对方删掉了她这个好友。

因为喜欢这个男孩子,她小心翼翼要到了男孩的QQ,添加他好友的第一句话是:"你好,我叫西西。"

男孩要认真上课,她就等到每晚熄灯前才找他聊天。开始时,她总是以要问男孩一些学习上的问题为借口,和他聊天。后来,她可以直接跟男孩说:"今天我又想你了。"

聊天的时长随着两个人关系的变化而变化,从一开始只能聊十分钟,到后来聊通宵也舍不得说再见。可以说,聊天记录就是两个人关系由陌生到亲密的证明。

她真的很喜欢男孩，能做的退让她都做。他也很喜欢西西，愿意和她在一个城市工作。可谁能想到，男孩的父母不喜欢西西，还给他介绍了一个新的女朋友，要他结婚。两个人争吵，两个人抱着哭。

他像个大男孩一样跟父母哭，"我这辈子只娶西西"，可谁能拗过年迈的父母呢？他的母亲气晕了，不得不住院。他跟母亲说："好，我答应你，娶她。"

西西偷偷去医院看过他们，看到他躺在病床上的母亲，她就知道自己做不成男孩的新娘了。那天从医院回去的路上，她就剪掉了自己的长发，晚上的时候男孩给她发信息说："对不起。"

不要说男孩不够爱西西，在面对柔弱的父母时，你真的有那么狠心吗？我做不到的，很多人都做不到的。

西西说，下周他要结婚了。

02

有多少人，曾经相爱过却被QQ提醒了"你们有45个共同好友，是否添加对方为好友"。

西西在朋友圈分享了那首《时间有泪》并写下了歌词。

从不怨不悔，走到心力交瘁。

爱是一场误会，痛是一种修为。

从互相安慰，到无言以对。

忍耐还是撤退，都一样可悲。

是啊！多少人从当初的深夜陪你聊天，聊到很晚都不睡，到如今你看到的空白对话框，程序时不时提醒你，你们已经不是好友了。

那些曾经的温柔都不是假的，那些几百页的聊天记录都还在的，可那个曾经连你哭都会慌张的人，如今就算你哭得眼睛都瞎了，也不会再出现了。

就算我喝醉了和人说一句："我们凭什么不能在一起，我们为什么不能在一起？"可酒醒后我知道，你还是不是我的。

我们有很多共同好友，可我们不是好友。

如果你跟爱的人还在一起，那是多么幸运。

对不起！你一个月挣2000元真的养不起我！

01

之前看到一条新闻说，一个女孩嫌弃自己男朋友的工资养不起自己，就和他提出分手。男孩在帖子里发出了和女朋友的聊天记录截图，他说："22岁的小伙子的我在某机关上班，工资的确少，但以后的路还很漫长。那些月薪直接就是6000元到8000元，甚至10000元的男孩，我想知道有多少人会接受。她爸去世我都不嫌弃她，她还嫌弃我一个月挣2000元养不起她，我能说什么？"

有的网友觉得女孩比较物质，所以两个人迟早会分手。有的认为女孩考虑多一点是应该的，毕竟婚后的生活哪里都需要用钱。

02

2000元是一个什么概念呢？

在大学里，普通大学生的生活费在1000元到2000元之间，而且这里面是不包括住宿费的。即便是这样，女孩子们想要买一套中档的护肤品，都要存好几个月钱才能买得起。

在社会上，2000元是什么概念呢？重庆的一个县城，普通的一室一厅的房租都要1000元，更别提北上广那些超级发达的城市了。每个月去掉房租、水电、网费，还得吃得非常节俭才勉强够用，参加社交活动和买衣服想都别想！

这还是一个人的花销。

两个人呢？就是什么都乘以2。别说送女朋友礼物了，连饭都吃不起。

03

如果你认为，所有22岁的年轻人，每个月都只能赚2000元，那你真的没救了。据调查，在中国月入过万的人数已经超过2000万。

北京煎饼大妈以那句："我月入3万，怎么还会少你一个鸡蛋！"走红网络，而在常州，也有一个胖嫂卖鸡蛋饼月入超过两万。重庆卖小面的大叔一年能换一辆宝马。我家门口卖烧烤的学长，在短短几年就挣到了五套房。

你一个22岁在机关上班、每个月拿着2000元工资的年轻人，有什么资格觉得自己现状很好呢。

那个女孩有一句话问得很好："你拿什么来养我？"你是要她跟你一起每天只吃方便面，什么化妆品都不让她买，也不让她再打扮自己，要她结婚后每天和你担心下个月的房租怎么办，还是要她连孩子都不敢生？

你爱她，想挽回她，可你拿什么去挽回呢？嘴上说得好听就可以不吃饭，不交房租，不去社交了吗？就算她很爱你，她不计较你这些，那你认为她的父母会让她跟着一无所有的，月薪只有2000元的你吗？哪个父母不想自己的女儿过得轻松些，而不是每天为了钱愁苦。

有的女孩为了爱情，愿意跟着一个一穷二白的人。但不是她要在你什么都没有的时候，一定得跟着你才是真爱。你想的不应该是，为什么她会嫌弃一个月只拿2000元的你，而是为什么你一个月只能挣2000块。

有一些男孩，从来不去想怎么可以赚更多钱，怎么能更快学到更多的经验，更快提升自己，尽快养得起女朋友，给她好的生活，而是要女生节省、节省、再节省。

如果她跟你在一起比自己一个人时过得不好，那你认为这样的爱情就是真爱吗？这不是，谢谢。真爱应该是为了她上进，努力挣钱去给她最好的生活。

04

女生为什么要花那么多钱呢？我一一讲给你听。除了极少部分生来就是肤白貌美大长腿的那类，其余的女生，想要维持一个好的外表的状态，从头到脚每一处都得花钱。

之前我看过一个调查，英国女性这一生花在脸上的钱平均是27万人民币，加上美甲、头发的保养等，她们这一生用在外表上的钱约58万人民币。

男生当然花不了那么多钱了。男生的服饰大多是简单百搭的黑、白、灰色系，可女生就不同了，女生要穿彩色的衣服，才显得青春活泼。每一种衣服风格的搭配又不同，比如吊带、连衣裙、A字裙、热裤、阔腿裤、紧身裤等。有了各种风格的衣服，她们还需要运动鞋、平底单鞋、高跟鞋、松糕鞋、雪地靴等鞋子来搭配。当然还需要各种帽子、耳环、项链、戒指、胸针等来点缀。有了这些，包包肯定也是少不了的。

搭配说完了，那就说说脸上的事儿吧。稍微讲究点儿的女生，每天是要在早晚用两种洁面乳的，洗完脸之后，还得用早晚两套不同的护肤品，化妆水、精华乳、乳液、眼霜、眼膜、面膜、唇膜等。

护肤品说完了，就该轮到化妆品了。遮瑕、粉底、眉笔、染眉膏、腮红、修容、睫毛夹、睫毛膏、眼线笔、口红、眼影等。

有人说，化妆是能最快提升自己颜值的途径。自己觉得好看了，人也会自信很多。没错，女孩子想要维持一个好的状态，就得付出那么多。

那看完了这些，你还认为月薪2000元能养得起你的女朋友吗？

对于一个普通的家庭来说，每个月4000元是必要的开支，更别提养猫、养狗了。

醒醒吧，月入2000元的年轻人。你应该为了爱她而去努力，当你每个月挣的钱能给她很好的生活的时候，我相信她的父母也不会再为难你。

为了能够买得起想买的衣服，为了能够吃得起想吃的食物。为了能在想去旅行时说走就走，为了随时可以给女朋友买她想要的东西，可以给父母、家庭花得起钱，你应该努力，应该奋斗。

第 3 章

那些受过的伤，终会被治愈

南风知我意，我曾爱你如尘埃。情深不自知，我想和你白头到老，但那些都是曾经。那些曾一起牵手走过的路，我们曾有过的热烈的爱，奈何缘浅，终究是分离。那些受过的伤，流过的泪，爱过的人，恨过的事，都会随风散开，不是原谅了或者忘记了，而是不那么在意了，也不想在意了。

他爱不爱你，发这句话给他就知道

01

在两性关系中，"我爱你"这种话随时都可以说出口的时候，我们需要用其他的方法来证明自己在对方心里的重要性。

你别说，还真矫情，我们也是平日里大大咧咧的姑娘，只是遇到了爱情这事，就变得患得患失。

不知道你们有没有这种感觉：现在听到人说"我爱你"的时候，很少再感动得哭了，也不会觉得对方深情，就觉得"哦，这样啊"？毕竟现在跟人聊天，大家都爱加上"爱你哦"这样的话。

他爱不爱你，其实你自己感觉得到的。但你想通过一些途径来取证的话，也不是不可以。你可以看和他的聊天记录，谁说得多就爱得多。你可以看他的手机相册，有你的照片肯定心里也有你。你可以看他的朋友圈，发过关于你的消息并且不是仅你可见的，你就可以相信他爱你。

你还可以发这句话给他：我怀孕了。

02

这里有两个小故事。

卉卉是真的怀孕了,在意料之外的情况下。她不知道这个孩子能不能留下,也不知道对方是什么态度。思前想后,她发了一条微信给他说:"我怀孕了。"

她已经想好了,如果对方不要的话,她一个人也要把孩子养大,要留下他。

信息发过去了,十分钟、半小时、一小时、两小时过去了,他都没有回复。卉卉觉得,完了,他肯定是不想要。

再过了一会儿,他发来了消息:"我已经跟我妈说过了,我妈说给我们交房子的首付,我的工资可以付按揭,只是可能要暂时委屈一下你,但我会努力挣钱的,给你和孩子更好的生活,我们结婚吧!"卉卉没想到,他竟然已经计划好了。

爱情里一件幸福的事是,你愿意为我担起责任。

而思琪没有怀孕,但她听说了卉卉的事情,也想试一试男朋友。

她给男朋友发消息:"我怀孕了。"

对方回复的第一句话是:"啊?"

接着回的是:"那怎么办?"

思琪说:"可是我身体不好,打了我怀不上了怎么办?"

最后他说:"我妈说了,不能要。你要这孩子你自己养。"

之后思琪发了一句话给他:"我没怀孕,还好我没怀孕。"

我想这一试,彻底让她伤了心。

记得朋友圈有一句话:爱情经不起测试。是啊,爱情真的太脆弱了。经不起测试,经不起诱惑,经不起贫穷,也经不起富有。

03

我在微博上看过一个视频,女孩也是在测试男朋友爱不爱自己,如果他通过了这关,她就打算和男孩结婚。女孩雇了一个好看的网红去诱惑男朋友,找了一个团队进行全程录像。没想到网红只说了两三句话,男朋友就上钩了,还主动约网红看电影吃饭。看到这里,别说结婚了,女孩恨不得捅男朋友两刀。

有的评论说:"不作死就不会死。"可这明明是证明了"爱情真的很脆弱"。太穷了,两个人会因为钱产生各种矛盾和争吵,会因为想挣钱而分道扬镳。太有钱了,会有一方因为找不到乐子而乱玩,拒绝不了更多的来自社会的诱惑。

有人说,爱情这么脆弱,那我们都别谈恋爱了。并不都是这样的,像父母那辈,像爷爷奶奶那辈,他们一起穷、一起富、一起成长、一起经历千山万水,最后白了头,还是牵着手。

有那么多都分手好几年还能复合的情侣,有那么多谈异地恋却还坚持着的两个人。

爱情真的很脆弱,坚定是唯一选择。当爱情面临考验时,考验的其实不是他爱不爱你,而是他对你够不够坚定。当一个人认定你就是他此生最爱的人的时候，无论什么困难，都拆不散你们，你们可以并肩作战。

不要轻易测试爱情，也不要盲目崇拜爱情。爱情是一件感性又必须理性的事情。如果他愿意为你负责，就要珍惜。如果他选择逃避责任，就要放弃。所以别再问为什么那年地震时，男孩让自己的女朋友逃生，而自己却死在了废墟之下。因为对他来说，他的女朋友比他的生命还要重要。

渣男鉴定指南（终极篇）

很多女孩都遇见过渣男，乖女孩遇见渣男的概率会更高。渣男花心、自私、不负责任，他们劣迹斑斑，却总是不停有女孩上当受骗。甚至还有一些女孩，在上了渣男的当后，还要为他们找理由！真的要气死了！

分辨渣男，只能用排除法。具体是怎么样的呢？就是在你遇到了喜欢你的人之后，自然就会分辨渣男是什么样的了。但是总有些傻女孩会沉迷其中，不愿意相信那些都是渣男的套路而并非出自真心。

我采访了几位渣男，搜集了很多故事，于是组成了这篇"渣男鉴定指南"，希望帮助更多女孩子擦亮双眼。

01

扮可怜，装深情。

每一个渣男都有一段让听者流泪的故事，他一定是故事里最惨的那个。比如说：父母在他很小的时候离异啊，从来没得到过父爱、母爱啊。比如一心一意爱女友，却被劈腿啊……故事要多惨有多惨。

渣男套路的第一步，就是要博取同情心和塑造一个信任度很高的角色。他把自己说得越惨，你对他的防备心就越少。

女孩子嘛，最有好感的当然就是那种专一、深情的男生了。渣男也恰恰就是摸清了这一点，所以他们在讲前任的时候，来一两滴眼泪就更完美了。于是百分之五十的女生就被俘虏了。

02

不拒绝和任何一个女生暧昧的机会。

渣男简直太会撩妹了，这是他们无数次实验的结果。没有渣男会因为某一棵树而放弃整片森林。但渣男会发朋友圈，因为他知道女孩子需要这个，这条朋友圈，只你一人可见。

渣男会在情人节送你礼物，但他会同时订好几份，同时送给好几个人。渣男还会每天跟你说早安晚安，但那其实都是群发的。

你如果要让渣男带你去见他的朋友、父母，那是不可能的。因为渣男从来就没想过要对你负责，给你未来。他带你见过的人越多，需要花费的时间成本也就越多。

渣男真的很懂女人，因为他经历了很多女人。

03

不负责，不负责，不负责！

结婚？这辈子都不可能的。生孩子？这辈子都不可能的。

有粉丝投稿给我说,最渣的渣男,莫过于既不采取保护措施,也不对你负责了。事前他各种甜言蜜语,事后他各种漠不关心。

有个粉丝说:"我怀孕了,他让我自己去打胎,然后就把我拉黑了。"

女孩是真的傻,男人也是真的渣。千万别妄想渣男会对你负责,什么你怀孕了,他就会负责了;什么孩子生了,他就会跟你结婚了……不可能的,他只会让你知道,他到底有多渣。

怀孕了是吧,他让你自己去打,陪同不要想了,连钱都不会给,直接拉黑不联系。生了孩子是吧,不会认的,他还会泼你一盆脏水,说不知道是谁的,结婚更是想都不要想。

所以希望大家铭记这一点,**渣男是不会对你负责的,可千万别犯傻。**

04

"我渣吗?我真的冤枉啊。"

最高级别的渣男,就是他完全觉得自己不渣。这种渣男,他觉得自己遇到的每一个女人都是因为爱情,哪怕只是一瞬间的心动。他们喜欢说的是这种话,"合适就在一起,不合适就分开",可你别误会,他不是指的谈恋爱。

他们认为,能玩到一起,能契合自己的,就叫合适。那什么叫不合适呢,就是女孩认真了,开始进入了谈恋爱的状态了,担当起女朋友的角色了，就不合适了。

我们在一起玩可以，但你管我太多就不行。你会产生疑虑，说正常谈恋爱不就是这样吗？可是他根本没把这当成是恋爱啊。换句话说，他根本不知道什么叫爱情。

实话说，女孩子的分辨能力没有那么好，尤其体现在男女关系上。这个时候，你就需要一些旁观者的意见。如果所有人都觉得他很不好，三观、说话方式、做事风格等都不好，但你觉得他很牛×，那你就该站在一个客观角度上，认真想想，他到底是不是真的像别人说的那样。

一个人说他不好可能是偏见，但如果所有人都说他不好，那是他真的有问题。千万别给渣男找借口，千万别给他们找理由。那些被渣男伤害过的女孩，可能眼睛都哭瞎了。

你不是圣母，拯救不了任何人，也包括渣男，请深刻记得这一点！太多女孩都觉得自己是他的拐点，其实你不过也是他平行线上太普通不过的一个点，可能连逗号都算不上。

生活中有太多可以检验渣男的事情了，希望傻女孩们都早点看清。赶快放手，跟渣男拜拜吧。

软下来容易,硬起来挺难

01

不知道从什么时候开始,性格温顺的人开始不被关注了。大家更在意的好像是那些敢爱敢恨、喜怒都摆在脸上的人。

举个例子吧。我有一个六个人的微信群,那次大家都在讨论聚餐的时候吃什么,几乎所有人都被问了一遍,但偏偏没有人来问我。

本来就是好朋友,其实我也没往心里去。不过我假装气呼呼地问道:"为什么你们都不来问我呀?我生气了!"群里有人回我:"因为我们知道你都可以呀。"

是的,因为每次大家问到我意见的时候,我都会说"都可以啊""随你们",几乎从来不会强硬地要求必须要去怎么样。久而久之,大家就会在心里形成一个"她没什么意见"的印象。

不光是这一群朋友,包括我认识的所有人,几乎对我都是这样的印象。但没有人知道,我并不是没有想吃的东西。也许大家决定去吃火锅那天,我已经连续吃了一周的火锅,已经不想吃了。

最后没有说出那些话，是因为不想扫了大家的兴。

是很久之后我才明白，**很多话你不说，没人会去深究。**

02

太懂事的人，不一定过得开心。

你身边一定也有那种，很有主见，很有想法，每次要出什么主意，做什么决定都积极的人。不想去游乐场，她会直接说不想去；不想吃火锅，她会直接说不想吃。她总是很擅长把自己想要什么、不想要什么清晰地表达出来，丝毫不掩饰。

时间久了，你就会发现，太迁就别人的人，都没有落得什么好下场。没有几个人会去想，你不发表自己的意见是因为尊重大家的意见，你一味地退让是顾全大局。

反而他们会觉得：你就是一个怎么样都可以的人。而这样的人，好像也会越来越没有存在感。

其实你是怎么样都可以的人吗？当然不是。我们总想温柔地对待这个世界，想对别人好一点，哪怕自己委屈一点也可以。但很残忍的是，温柔的人总是最容易受到伤害，也会承受不该承受的东西。你吃了一顿原本不想吃的饭，你不开心；你去了一场不想去的聚会，你不开心。这些都没人知道。

03

　　为别人多考虑一些，善良一些，温柔一些，并不是坏事，而且证明你是一个很值得交的朋友。但生而在世，你应该为自己多活几分。

　　同事觉得你好欺负，想让你加班，完成剩下的工作。其实这一天恰好你也有事，你约了男朋友一起庆祝你们的周年纪念日。

　　如果这一天你答应同事帮她加班，除了一句"谢谢"，你什么也得不到。因为同事本身就没什么重要的事，你只是因为不好拒绝，所以答应了。但你可能会让那个为你精心准备晚餐的男朋友，等到深夜还等不到你。

　　如果你拒绝呢？你可以说："其实我也很想帮你，但是很抱歉，我一周前就和人约好了，今天晚上实在不能失约。"这样既礼貌又不尴尬地拒绝，也无不可。你就可以和男朋友享受这个期待已久的纪念日夜晚了。

　　两者一对比，傻子都会选后者。但关键就在于，那句拒绝的话，你是否说得出口。迁就别人其实很容易，但说出自己的想法，并非易事。

　　温柔待人，也请厚待自己。

　　只活这一世，我希望你不要让自己受那么多委屈。

　　下一次，希望你能说出你自己的想法，活得更开心坦然一些。

不秀恩爱的男生都是怎么想的？

朋友安华和我说，她想和男友分手了，因为男友从来没在朋友圈里秀过恩爱。她觉得，这一定是因为男友不爱她。

"别人的男友都爱秀自己的女友，偶尔发个情侣照或是秀一下女友做的饭。为什么他就从来不秀恩爱？是不是因为他根本就对我没有爱？"安华这么问我。

其实，不少女生都问过我同样的问题，为什么别人家的男友就那么浪漫，天天在朋友圈里秀自己的女友？但自己的男友却抵死不从，宁愿两人吵架，也不愿意秀一次恩爱。"他一定是不爱我"，每次聊到最后，女生都会得出这个结果。

后来，我采访了好几个男生，问他们愿不愿意秀恩爱。他们绝大部分都是不愿意的，有的还说，自己从没在朋友圈里发过和女友相关的动态。谈及原因，却不仅仅因为"不爱"。

他们不秀恩爱，是因为爱情如人饮水，冷暖自知。

大侠是我采访的第一个男生，他说自己很喜欢女友，却从没秀过恩爱。在恋爱初期，他也想发发朋友圈，让大家知道他们有多甜蜜。但他发现，自己的女友不是那种传统意义上的"好媳妇"。她不会在他失落的时候，温暖他、安慰他，但会给他空间让他自己去调整。她不会做家务，一个番茄炒蛋都能炒煳，但她却经常撒娇、卖萌，软化大侠的心。大侠很喜欢这样的女友，也曾和朋友秀过。但朋友却劝大侠和她分手，说一个好女生根本不是这样子的。后来，大侠被人说得多了，就再也没了"秀恩爱"的想法。

"爱情就如人饮水，冷暖自知。自己觉得是好的，到了别人眼里却未必就是这个样子。既然秀出来会招骂，会让自己不快，为什么还要秀呢？自己把日子过得开心、自在就好。"大侠是这么说的。

有些男生不秀恩爱，不是因为不爱女友。他们只是想保护自己心里的那份爱情，不想把它拿出来让那些不相干的人评头论足。正是因为太爱女友，不愿意别人说她一丁点的不好，才把爱珍藏起来，不让别人看到。

02

他们不秀恩爱，是不想破坏自己的人设。

有好几个男生都说，自己不秀恩爱，是因为圈子里根本没人秀恩爱。大家都在朋友圈里转发一些时事新闻，再配以自己的见解。有时是发自己的工作状态，展示自己努力向上的人设。

如果自己秀恩爱了，就会给别人一种自己只顾着谈恋爱、不关心其他事情的感觉，让人觉得自己不够成熟。而这样的人设，并不利于自己交友和工作。让客户知道，也会不信任自己，觉得自己不够专业。

男生就应该胸怀天下，而不该着眼男欢女爱。男生从小都被这样教育，社会也对男生有这样的要求。所以，有些男生以秀恩爱为耻，觉得那样做不够成熟稳重，是在破坏自己的良好人设。

在这样的男生心里，"爱不爱"和"秀不秀"无关。他可以很爱你，只是不想因为爱你而破坏自己的良好形象，不想影响自己的前途而已。

03

不秀恩爱，是因为他真的不爱你。

还有一种男生，他不秀恩爱的原因的确是因为不爱你。因为不爱你，所以他不想告诉别人你的存在。他还想和别人搞暧昧，自然要假装自己单身。

我的大学同学就被这样的渣男骗过。她和男友恋爱两年，但男友从没带她参加自己的朋友聚会、同学聚会，也不曾把自己的亲戚介绍给她。男友的原话是，想等到谈婚论嫁的时候再介绍，那样才显得正式而隆重。但她却没等到那一天。后来，她在别人那听说，其实自己的男友早就有一个谈及婚嫁的女友，只是两人异地，才找她打发时间。所以，他从来没向谁介绍过她，也从没公开秀过恩爱。

有的男生和你谈恋爱，却没想过和你结婚。 对于他来说，你只是消磨时间的对象而已,并不值得他认真对待。所以,他也不会花费时间和精力去秀,甚至会遮遮掩掩,生怕别人知道你们的关系。

"不秀恩爱的男生,都是怎样想的?"关于这个问题,知乎里面有一条这样的回答:**一个男生对你怎么样,爱不爱你,想不想娶你,自己会不知道吗**?

是啊,一个男生如果爱你,即使他不秀恩爱,也会从别处给你满满的安全感。但如果一个男生不爱你,那无论他发再多的朋友圈,秀再多次的恩爱,也是徒然。

有些男生拿起手机,却不知道怎样用语言表达他对你的爱。但在生活的点滴中,却尽显对你的柔情和蜜意。有些男生不习惯秀恩爱,却踏实稳重,发自内心地想给你最好的生活。如果你的男友是这一类型的男生,那就请你别太"作",别逼他秀。但如果你的男友是那种三心二意的人,即使他愿意公开秀恩爱,最后也还是会离开你。

我还偷偷喜欢你

01

刷微博的时候有个话题是：放下一个很爱的人，会有怎样的感受。

点赞最多的那条留言是这样的："其实放下，只是知道不可能了，懂得了人一辈子总有得不到的东西。"

嗯，你就是我得不到的。这是因为你，我第一百次把眼睛哭肿了，第一万次告诉自己，这次一定要放弃。但其实呢？我知道我放不下的，不管我下了多大的决心，都会在见到你的瞬间土崩瓦解。可我们没办法在一起啊！

我想给你打电话，问你今天有没有想我。我想给你发一连串的微信，问你怎么还不回我。可我不能，那天你说了："我不喜欢你。"你这人真好笑，我又没问过你。

我看见你在朋友圈给我们的共同好友点赞了，可你却没有回我发你的微信。我特别生气，可我有什么资格生气呢？我们又不是情侣，你没有义务回我的消息。

我们明明没有恋爱，我却像失恋了一千次。我们刚认识的时候，有人跟我说他还没定心。我想着我也是啊,那就当个朋友吧。可谁想到,我真的喜欢上了你。

记得那天喝醉了酒,你跟我说起你心底那颗朱砂痣。你说:"你知道吗?我们分开了三年,三年之后再见面,我竟然还是抑制不住对她的喜欢。"你说了很多故事,最后你说:"我没办法拒绝她。"你看,原来别人口中的浪荡子,也是痴情郎。

02

肯定每个女孩子都羡慕过那个自己喜欢的男孩喜欢的人吧,我也是。我们经常在一起,就像真的好朋友那样。你喝醉了,我来拖你,我喝多了,你来接我。次数多了,人家起哄,你说:"这是我特别好的哥们儿。"

当然啦,你看不到我在你背上悄悄抹眼泪。谁TM要跟你当哥们儿啊?我想当你女朋友。但我不会说的,也许是怕说出口伤了自尊,也许是明白你根本不喜欢我,也许是我在潜意识里觉得你似乎是有些喜欢我的,也许是怕一切都是我自己自作多情。

有些话是不能说的,说出口了会破坏现有的关系。没办法,我不想离开你。

不知道我失望过多少次,也多少次逼迫自己,一定要做个了断了。可都没用,遇见你之后我没那么洒脱了。也许再等等,你就喜欢上我了。

终于有一天，你身边没有了别的女孩子。你对我好像比之前好了，我想你一定是走了一圈后发现，还是在身边的我最好。你说："试试吧。"

我太不争气了，听你说出那句话的时候，竟然特别想哭。世界上能跟自己喜欢的人在一起的，能有几个人呢？可我多幸运啊，我是其中一个。

后来我才知道，原来感情是不能试试看的，也不能将就。不喜欢就是不喜欢，没办法骗自己的心。当你拥抱我的时候不够用力，牵我手的时候太过随意的时候，我就知道了。我们之间隔着的那段距离不是别的，是因为你可以勉强自己跟我在一起，可你的身体在抗拒。

对啊，跟自己不喜欢的人在一起，怎么去触碰那无法为之心动的灵魂呢？

那天你给我发消息说："对不起，我可能还是不喜欢你。"我故作轻松地跟你说，"没关系啊。"

真的没关系，我早就感觉到了。我早就把你的微信拉黑了，可我还会去看你的微博。我早就跟人说我不喜欢你了，可我还是会因为你的消息而影响自己的心情。我不再明目张胆地喜欢你了。也许我还是更适合，偷偷地喜欢你吧。

睡得再晚，不会找你的人还是不会找你

乔安曾经喜欢过一个男孩，那男孩和她搞暧昧过后，就没了音讯。她每天都在等，等电话响，等微信提示音响，等男孩的头像在电脑的左下角跳动。乔安一直安慰自己，他是因为忙，才忘了和自己联系。可实际上男孩早就忘了她，再也不会因为鸡毛蒜皮的小事和她聊到大半夜了。

乔安说："不会的，他不会忘了我。我们曾经那么快乐。"我不知道该怎么告诉她，那男孩已经交了新女朋友。

我问她："你以前不是睡觉都会开飞行模式吗，为什么现在不了？"

乔安说："我怕他喝醉了，会打电话给我，怕他突然想我了，打电话给我，怕我接不到他的电话。"

"你不怕睡到半夜被吵醒吗？"

"怕，但是不怕他吵醒我。"

真傻。她明明知道男孩不会打电话给她了。一年都没联系过的人，他会整天惦记着你？

我知道，以前男孩曾经在喝醉酒后，打过一次电话给乔安。恰好乔安那天开着手机，接到了那个什么都没说的电话。

她和我说："要是他没想着我，为什么喝醉了给我打电话。"我没

说话。后来男孩说，他是拨错了电话。本来是想点上面那个，结果手指太粗点到了下面那个，就是乔安。让人哭笑不得。

一个朋友和我说，她每天上QQ第一件事就是看看前任在线没。她想看的根本不是他在没在线。她想看的是他有没有给她留言，是不是还对她也念念不忘。

我真想和她说："别等了，他不会找你的。"可这句话太让人难过了。

我曾经盯着一个人的头像看了半年多，盯着一个人的照片看了半年多。半年过去了，他没有找过我一次。我的短发又长到了齐肩的长度，可他还是不理我。

其实我知道，我等不到他了。可我还是习惯性的会去看他的资料和头像。可等的人从来没有和我说过一句话。

这件事几乎是我做过最蠢的事情了，我还是改不掉这个习惯。我电话总是开机状态，睡觉也不关机。如果深夜看到他的头像亮着，我也立刻就上线了。我还是在等一个机会。等他跑来和我说句晚安。像在等鸡蛋里孵出的猫咪。想想怎么可能呢？所以啊，**等不到的人，就别等了。**你以为他在来的路上，但其实他根本就没想过要来。

"某些小姐姐要点儿脸，不要见谁都叫小哥哥成吗？"

01

你无聊可以去撩别人，但别来撩我男朋友成吗？

事情是这样的，我男朋友挺爱玩游戏的，平时都和男性朋友一起玩，他不是那种爱带妹子的人。但是他们一个游戏队伍里，好死不死的，偏偏插进来一个女的。

这个妹子是有男朋友的，但她总是跟我男朋友他们一起玩，不跟自己男朋友玩，这个操作我也是看不懂了。行，就算你怕和男朋友一起玩游戏会吵架吧，但你有男朋友了，好歹也注意点儿分寸。

有一天我写稿的时候，就听见男朋友外放的音响里一群男声里冒出来一个妹子的声音，开始是用韩语打的招呼，特别甜那种，但是一直没人理她。接着她就开始表演了，她说，"×××（我男朋友的名字）小哥哥，你怎么不理我啊？"我男朋友淡淡回了一句："SB。"然后她把当时群聊里面所有男生的名字都叫了一遍，也都甜甜地加上了一个"小哥哥"。

我当时就挺生气的，这"小哥哥"听着怎么那么刺耳呢！想着也许是我太小心眼了吧，然后和我男朋友一起打游戏的一个男生的女朋友，给我发了一条消息："你刚刚听到她说话没，你想不想打那个女的，反正我想。"

我想捶爆她的头，谢谢，要撒娇麻烦回家去撒。不知道她男朋友是不是也经常被人这样叫"小哥哥"。

02

"小哥哥"这个称呼，在抖音上挺火。起源是一些视频，内容是这样的，一些小姐姐在街上看到好看的男生，就去问："小哥哥小哥哥，我有一个东西给你，你要吗？"当男生伸出手的时候，她就会把自己的手放上去，说："我，你要吗？"

我觉得吧，你单身，去撩单身的男生一点儿问题都没有。但是后来，抖音上越来越多的小姐姐，就去撩那些有女朋友的"小哥哥"了，更有甚者是当着人家女朋友的面。

当着女生的面撩人家男朋友，想问你抗不抗揍？

有些女生，真的脸皮厚到你无法想象。

我朋友说，有一次她参加一个饭局，一走进去就觉得有人用奇怪的眼神盯着自己。

后来发现有一个女生，一直用奇怪的眼神看着她，直觉告诉她，这个女生应该跟她的男朋友有什么关系。结果一个饭局下来关系就明白了。这个女生一直喜欢我这位朋友的男朋友，但男孩已经明确拒绝过她了。可她在人家有了女朋友的情况下,还是不死心。

整个饭局中她一直对我朋友的男朋友说:"你不是喜欢吃那个冰淇淋吗?""你记得我们一起去吃的那家火锅吗,好好吃啊,什么时候再一起去?"我朋友脸都绿了,是什么没有让她一杯酒给那个女生浇过去?是教养。

这位小姐姐,请问你是觉得大家都是傻×吗,听不出你话里有话?还有被别人拒绝过还在这种情况下强撩的人,能不能稍微要点儿脸。

03

当然了,还有一种奇怪的生物,就是"前女友"。

既然都分手了,别人都有新女朋友了,能不能就各自安好了啊?不甘心!我明白的,可是人家都有女朋友了,您那都是过去式了啊。后来我才知道,某些"前女友"就仗着曾经的那点儿感情,还想挽回前男友。

我听过一个故事,那个男生已经有女朋友了,那天前女友给他发信息,说自己在他家楼下等他,不见到他绝对不走。

真是搞不懂这些前女友了,为什么就是不肯面对现实,分手以后,人家还没谈恋爱的时候,你挽回一下完全没问题,可你现在这是当小三好吗?不叫挽回。

想跟这些小姐姐说,要撒娇回去跟自己男朋友撒去,在外面撒的娇多了,我怕你男朋友头上的草原太茂盛。如果别人有女朋友了,麻烦你们离别人远一点儿，不当小三是每个女人最基本的原则好吗？

至于前女友大姐们，过去就是过去了，人家都谈恋爱了，能不能面对现实，给你们最后的回忆留一点儿美好吧，何必弄得那么难堪呢？

想跟小姐姐们说，撒娇撒多了，挺不好看的！

不好意思，我的男朋友不能有女闺密

01

那天和朋友们聚会，大家都玩得挺开心。那天，秋秋有事没来，而他男朋友L先生因为也是我们圈子的人，竟和他的"女闺密"一起来了。

这个"女闺密"我们见过几次，L先生在秋秋有事没来的时候，都带着她。

她的名字叫文文。文文是有自己的男朋友的，但总是一个人和L先生来参加我们的聚会。

有时觉得大家都是好朋友，一起吃个饭也没关系。可他们之间的有些话和举动，还是会让人很不舒服。L先生在酒桌上，一直帮文文挡酒。本来也没觉得有什么，但后来当他半揽着文文的肩膀走出饭店时，我心里突然很不是滋味。

后来又一次大家一起去酒吧，L先生和文文坐在一张椅子上，举止亲密。

一会儿L先生和文文说着靠耳的悄悄话，一会儿两个人有意无意地搂搂抱抱。

我就在对面看到了他们的这些行为，同样作为女孩，我很不理解。

02

"女闺密"是一种怎样的存在，我总是觉得，她更像备胎或者是男生和她之间，有一方是对方没看上，但又舍不得丢的。不是说不能有异性朋友，可分寸真的要把握好。

每个人都需要除了男女朋友之外的朋友，需要几个能说说知心话的人。这是人之常情，我们都能理解的。可为什么很多女孩那么在意男朋友的"女闺密"，是因为女孩太懂女孩了。就像男孩们常说，要女朋友和她的异性朋友保持距离，因为男孩很懂男孩心里怎么想一样。女孩是很感性的，她们更容易习惯亲近身边的人，更容易喜欢上这样长期亲密接触的对象。

所以啊，那些"女闺密"们，你没吃饭不用告诉我男朋友，你下雨没伞也不用告诉我男朋友；你家水管坏了，可以找修理工；你的电脑坏了，可以拿去专卖店维修；你伤心了、失恋了，可以找你的好朋友大醉一场、痛哭一场，别老找我男朋友诉苦。他是我男朋友，不是你男朋友。

03

我看过一句话：对人最大的尊重，就是在异性朋友有了男女朋友时，学会保持距离。不光是对对方的尊重，也是对自己的尊重。

单身时，异性朋友联系频繁一点谁都管不着。可如果别人恋爱了，你就该懂得距离这一说。

男女之间有没有纯洁的友谊，这至今仍是不解之谜。有人说有，有人说没有。我只是觉得，所有的感情也许都是由相互产生好感发展而来的。而这种好感，可能会发展成友情，也可能会发展成爱情。

很多人都觉得，我不就是有个闺密吗，又没发生什么？可等到真正发生什么的时候，说这些就没有意义了。

希望世界上的姑娘都懂洁身自好，也懂得什么叫"别人的男朋友"。有事你找我，别找我男朋友。因为我看过别人的女闺密和他在一起时的样子，所以我真的无法忍受我的男朋友有关系如此亲密的"女闺密"。

"女闺密"们，请你们离有女朋友的男生远一点。真正好的关系，不是明知道对方有女朋友还单独约他，也不是在半夜打电话和他说一些不该说的话。

请你想一想，如果你的男朋友有这样的女闺密，你能接受吗？

对不起，我的男朋友不能有女闺密。我希望这些不自重的"女闺密"以后的男朋友，有一万个"女闺密"。

"不如,我们算了吧。"

最让人痛苦的不是爱情里永无止境的等待,而是两个在一起的人相互折磨,直到美好消失殆尽。

为什么这样说呢?关于等待,很多人都这么说:"我等一等,再放弃。"他们之所以会想再给自己一次机会,是因为并不确定答案,也许等得到呢?只要有希望,就是一件值得期待的事。有盼头的日子,并不可怕啊。

可两个已经在一起或者曾经在一起过的人相互折磨,不放过彼此,也太痛苦了吧。也许他们深爱彼此,也许只是不懂如何用正确的方式爱对方,但就是要互相折磨,明明在一起已经很痛苦了,还是没人先说出那句撇清关系的话。

让人长时间不开心的爱情有存在的意义吗?那句"不如,我们算了吧",其实已经挂在嘴边好几次了。

小雅不知道跟我说过多少次想分手,但当着她那个前男友的面就是说不出口。我每次都和她说:"要是你不开心,就别谈了。"她总是当着我的面下定决心,然后还继续和男朋友僵持着。

她就是太爱这个男孩了,付出了太多之后,不论是不甘心,还是放不下,就是没办法狠下心来和他做个了断。或许在一个人身上花的时间越多，用的心思越多，就越难割舍。或许是已经习惯了这个人，破罐子破摔地觉得，下一个人可能还是这样，那不如就维持现状。

男孩呢？顺理成章地被小雅爱着谦让着，也肆无忌惮地作着妖。还是和小姑娘搞暧昧，微信里的妹妹多到数不清。每次小雅说他，他就觉得是小雅疑心病太重了，不相信他。他像个小孩子，很会认错，说对不起，但犯过的错很快就忘了，从来都不去改。

不是说两个人相爱就可以在一起的，因为每个人表达爱的方式都不同，何况有人根本不会爱，只会享受被爱。

矛盾积累得太多了，就会爆发。那天小雅睡醒听到他电话那头的小姑娘笑得很开心，她突然对眼前这个人感到失望透顶。她和男孩说道："不如，我们算了吧。"男孩急忙挂了电话，向小雅解释，但已经太晚了，这次小雅是真的死心了。

所以当我陪小雅去看《春娇救志明》的时候她说："你看，我像不像余春娇。像余春娇一样下了无数次决心，要放弃张志明，像余春娇一样说了很多次算了吧，像余春娇一样什么都明白，又自欺欺人。"可她们之间不同的是，电影结束了，张志明跟余春娇求婚了，小雅却和男朋友分手了。

也许他和张志明一样是没长大的大男孩，但小雅等不到他长大了。

我也和小雅一样，曾经在一段感情里不停地想要放弃，又不断地原谅对方带给自己的伤害。最后我也一样，在千疮百孔之后，终于咬紧牙关说了那句："不如，我们算了吧。"

失去很痛苦，尤其是失去一个你很爱的人。但被折磨也同样痛苦，不是所有的事情都可以被原谅，人的心没那么坚强。

如果两个人在一起没那么好，就会剩下很多很多的眼泪，那也太难过了！要知道，听过了那么多故事，你总该明白，不是两个人相爱就可以在一起，也不是你多爱对方一点儿，就可以感动对方，更不是你愿意等，他就会长大。

我愿意为了爱奋不顾身，可我不想等来的是你给我一次次的失望。我累了，不能再继续了。

生活不像电影有那么多圆满，我真的坚持不下去了。不如，我们算了吧。

谁说分手以后不能遇见一个对我好的人呢？

我想分手了

01

我听过很多人说想分手。有的人说分手,轻松得就像在说别人的故事,但有的人说分手,只会感到心痛,并且觉得,早就该分手了。

不知道你们有没有遇到过一种人?他们是从来不会把分手这个词轻易说出口的,就连开玩笑都不会。有的人会在吵架的时候,以分手为要挟,但他们不会。你一点儿都不用担心吵架的时候他们会说分手。一旦他们说了分手,就是真的要分手了。没有挽回余地那种。因为他们已经在内心里劝说了自己无数遍,他们已经感到无数次的失望,这一次,是他们真的想好了。

不要轻易说分手。如果说了,就要承担后果。

美伶就是我说的那种,吵架的时候从来不会用分手来要挟对方的女孩。我们一直都觉得,她脾气很好,很迁就她男朋友,对他很好其实不用说也知道,是美伶比较爱她男朋友。而他男朋友,不是不爱她,是不够爱吧。

吵架的时候,男孩是不会来哄美伶的,只要她不说话,男孩就不会主动说话。美伶哭，抱着膝盖埋着头很大声地哭，男孩只会觉得她脆弱和小气。

我从来没听过她说分手，因为我知道她有多爱他。在一次交谈里，我听到她说："如果实在不合适就算了吧，我太累了。"我想也许她是真的伤透了心，对男孩失望透顶了。

果然，在不久后的争吵里，美伶说了分手。也许是男孩自信地觉得美伶还是爱他的，离不开他的，他豪爽地答应："好啊。"却不知道他已经失去了这辈子可能对他最好的女人了。

大概一周后，男孩有点慌了，美伶不给他打电话，也不发伤春悲秋的文字。她的朋友圈一直在更新，"奶茶很好喝""大海好美啊""工作要更加努力了哦"……没有一点分手的迹象，从朋友圈看，她过得好像更好了。

他忍不住打电话给美伶，她挂掉。发信息，她不回。最后他只能去公司楼下等她。美伶看到他的时候特别平静，甚至男孩激动地说："我不能没有你。"可美伶只是笑笑回他："你别留在原地了，应该往前看啊。"

02

真正失望、心冷的分手，是没有纠缠，没有歇斯底里的。说分手的那刻反而是解脱。

你要去相信，那些不轻易说分手的人，一定把这段感情看得很重。

但一旦他们说了分手，基本就没有挽回的余地了。其实在你不知情的情况下，他们已经为你找了千万种争辩的理由，最后说分手，是真的太累了。

不少人跟我讲，其实分手时最怕听到的话是，"我累了"。明明话那么简短，却没有一点让人反驳的理由。跟我在一起让你感到累的话，我真的很抱歉而且无能为力。

生活已经让人很疲惫了，爱情不应该让人更累。在忙碌庸俗的日子里，我们希望爱是枯燥生活的点缀，而不是累赘。我希望我们能够一想到彼此，就会感到满心欢喜和轻松。而不是你一想起我就烦，我一想起你就鼻酸。

你追我的时候，可比现在用心多了

01

那天小姐妹们聚在一起喝下午茶，女孩子嘛，要么就是聊化妆品，要么就是聊男朋友。有人抱怨说："他现在可不耐烦了，觉得我这儿不好，那儿又不好的。还凶我，追我的时候可不是这样的。"

傻姑娘，大部分男人啊，在追你的时候都是最用心的。因为你还没让他得到啊。当你成为一个男人想要得到的人时，占有欲会让他用尽全力去拥有你。

你想想看，你的衣柜里是不是有一条挂在商场时，你还挺喜欢的、特别想拥有的衣服，但买来后，放在一堆衣服里，其实也没穿过几次。衣服买回家了，你知道它在那里，它已经属于你了。

为什么有人说男人婚前、婚后是两个样子呢？因为婚前所有的事情都没个定论，你也许还有别的选择。婚后有一纸婚约和责任约束，他认为你没有选择了。不得不承认的是，他在还没得到你时，花了最多的心思。

那天有个小姐妹说，男朋友现在对她有各种要求，各种不满意，时间越长，矛盾越多，而且对方变得不想解决矛盾了。有人问她，那他追你的时候是这样吗？当然不是了，男朋友追她的时候可是用尽了心思的。

那个时候还在读大学，一个大男孩，每天早晨不管刮风下雨，他都给小姐妹送早餐，还是他亲手熬的粥。听说男孩每天都陪她上自习，因为小姐妹学的是绘画，他一个学计算机的男孩还去了解各种画的风格，知道有小姐妹想看的画展，就立马去买票。

他最用心的应该是表白吧。不知道他在哪儿学的，那天他说开车接小姐妹去吃夜宵，借口让她去后备厢找东西，后备厢打开的时候，冒出来一堆气球和满车的玫瑰花，这个时候路旁突然亮了起来，原来男孩早就在周围准备了好看的小彩灯。小姐妹说当时感动哭了，就和他在一起了。

刚谈恋爱时他还是对小姐妹很好的，可时间越长，他的要求就越多了。他希望小姐妹独立一点儿，不要老黏着他。他希望小姐妹贤惠一点儿，能够包揽家里的家务。他希望小姐妹自己的生活圈子大一些，多给他点儿私人空间。

可他追人家的时候说："我希望你多黏我一点儿。"

02

追你的时候用心的人，都可能在得到后不珍惜你。更别提那些追你的时候都不肯花时间和钱的人了。想想也是，都没有为做这件事而花过一百分的力气，又怎么会体会到来之不易呢？人也是这样啊，得到这个人的时候太轻易，那她在自己心中的位置好像也不是太重要吧。

其实说白了，那些确定关系前后表现不一样的男生，都是因为不够喜欢你。我记得那句话是这样说的：在我还没追到你的时候，我当然要对你好，不然你怎么能在众多的追求者里看上我呢？在我追到你之后，我更要对你好了，因为你只有我一个人宠着你了。

真的喜欢你的人，对你的宠爱不会因为得到你之后，你们之间的关系变化而改变。

现在很多人，追一个人以为送送花，吃吃饭，了解对方的喜好就叫用心了。追一个人追了半个月得不到回应，就灰心了，追了一个月就觉得太累了，最后就放弃了。

也许有太多衡量标准的感情，是得不到好结果的。

我听说过喜欢一个人九年的。我听说追一个人七年的。那我怎么才能知道你到底喜不喜欢我呢？不如多追我会儿吧。

如果你真的喜欢我的话，不会因为这么点儿挫折就放弃吧。

其实我挺好追的

听了很多男孩问："现在的女孩怎么都那么难追？"

不知道现在的人是怎么定义"追"这个词的，是送对方几束花，约她看几场电影，和她吃几顿饭，还是制造一两次惊喜。这些的确是追求女孩的方式之一，但只做了这些，被拒绝后说女孩难追是不对的。你问问自己，你真的用心了吗？

如果你真的用心了，想方设法讨人喜欢，制造浪漫，不离不弃，还是被拒绝了，那也许这个女孩真的不喜欢你，你可以说她很难追。但如果仅仅是做了一点点事，你根本没有资格说这样的话。

我认识的一大部分女孩，都不是难追的对象。相反那些追她们的男孩却总说她们难追。辛辛就是其中一个"难追"的女孩。

辛辛是我大学时候的班花，天生就长得好看，加上后天的努力，轻松就有了一张漂亮脸蛋。追她的男孩从来都不少，昨天是美术班的谁，今天是广告班的谁，明天就可能是体育班的了。

但辛辛的男朋友并不是我们学校的，听说这个男孩是她的高中校友，高中毕业后就追起了辛辛。有人问男孩是怎么追到辛辛的，毕竟大家都说她很难追。男孩笑着说："还好吧，我就追了她三年。"

其他那些追求辛辛的男孩，有常常邀请她去看电影、吃饭的，有给她买包、买车甚至买房子的。别人也许会问："校园恋爱你也不谈，给你买名牌、买房子的人你也不要，你到底要什么？"可是这些人从来没想过，辛辛喜不喜欢这些，他们送她的东西对她来说有什么用。

他们自以为是地做一些事，然后在你拒绝他的时候他说："你真难追。"说真的，我开心不起来。你给的不是我要的，难道是我的错吗？

辛辛的男朋友花了三年追到辛辛，有几个人有这样用心呢？这三年，他了解了辛辛的喜好，也洞悉她的柔弱，他懂得她的追求，也明白她的苦衷。他并没有一厢情愿地付出，也没有三天两头地勉强辛辛出来看电影。他们最后是怎么在一起的呢？有一次，辛辛出差丢了钱包，他立马从重庆飞到上海去救她的。

于孤立无援中你伸出的手，让我瞬间拥有了偌大安全感。于是辛辛抓住了她的安全感。

其实男孩之前也表白过，辛辛委婉地拒绝了，那次他自嘲地发朋友圈说："是我太着急了啊，我真鲁莽。"你看，这样的男孩，认真地追求你三年，了解你的习惯和爱好，突破你最后的防线，何况他自身也很优秀，完全让人没有拒绝的理由。

我听人说，没有谁是追不到的，只要你肯用心。

没有几个男孩经得起女孩温柔、懂事的诱惑，没有几个女孩能拒绝男孩用心的追求。每个人心里都有最渴求的那个点，就看你有多努力地去探求了。

别说你请我看了几场电影，给我打了几个电话，发了几天暧昧不清的微信就是用心追求了我，我拒绝就说我难追。电影我可以找姐妹一起去看，电话我可以不打，微信我也可以不回。**我要的不过是一个喜欢我的人，不会因为我没有马上接受你就放弃我的人，一个肯为我用心的人。**

死也不说我喜欢你

01

我们都说,喜欢就去追啊,喜欢就要表白啊,你不说别人怎么知道,万一人家也喜欢你呢?

有的人咬咬牙,鼓起勇气就去表白了,使使小聪明,用点心,如果对方也对你有意思的话就在一起了,结局皆大欢喜。但有的人呢?就是死都不说我喜欢你,你让他勇敢一点,多往前走一步,就好像会要了他的命。错过了对的人之后,他后悔说,早知道当初就主动一点了。可那时候他喜欢的姑娘已经成了别人的女朋友。

尊严的确很重要,骄傲也是。但没必要时刻都把它们放在首要位置,错失一个你很喜欢的人,是会后悔一辈子的。

那些会说"我喜欢你"的人,真有魅力。

02

我之前和研篱聊天的时候听她说,其实她和她喜欢的那个男孩差一点就错过了。他们像很多年轻的男孩、女孩一样，有着冗长的暧昧期。做着小情侣做的事情，出双入对，却从不提两人的关系。旁人开玩笑时，他们也是默认的样子。

但这种日子只是看起来美好，当事人是痛苦的。因为研篱说她应该矜持一点，确定关系这样的话或者事应该对方来做。她说，如果他连多一步都不愿意向我走的话，那还怎么说喜欢我呢？

于是研篱等啊等，就是不主动说，男孩也不说。研篱都想放弃了，她等不起太久。于是在某次聚会上，她破天荒地和在场的一个男孩交换了联系方式，这一切都让她喜欢的男孩看在眼里。

也许是即将失去研篱让男孩意识到，他其实还是很喜欢研篱的。那次正逢情人节，他鼓起勇气向研篱表白，买了一个代表爱情的礼物送给研篱，跟她说了那句："我比想象中喜欢你。"

<h2 style="text-align:center">03</h2>

不是每个人都能像研篱他们这样幸运地把彼此从悬崖边上拉回来。很多人仅仅是因为没有勇气去表白，就失去了那个可能会陪她一辈子的人。

其实两个人如果是因为互相不喜欢或者其他原因失去彼此，我都能接受，唯独无法接受的是，两个互相喜欢的人因为不懂如何表达爱意而错过。

很多时候你要说出来，对方才知道你对她是怎样的态度，在乎或是不在乎。别人又不是你肚子里的蛔虫，怎么可能每件事都能猜到你的想法？

　　之前网络上对于"送口红"事件一直有很多争议，有人说女孩子想要就应该送，有人说你的女朋友你应该宠。其实女孩并不势利，不是因为这件东西多贵才要你送，而是因为它如果是你送的，会变得更珍贵。

她想要的不是一件礼物，而是你认真的态度。

二十岁，你跟我谈结婚？

01

有一段时间，我身边已经有三对恋爱时间超过一年的情侣分手了，那几天我每天都在忙着陪他们聊天，开导他们。

记得我曾经失恋时，也做了好多伤害自己的事儿。蒙着被子在家里大概哭了一周吧，患上了抑郁症，整晚整晚地失眠，我妈一句话都不敢跟我说，好像一开口就会牵动我脸上的肌肉，眼泪大颗大颗往下掉。

我去酒吧买醉，在酒吧外吐得上气不接下气。我给前男友打电话，说了很多很多。第二天朋友跟我说，其实电话接起来两秒钟就挂了，后面的话他根本不想听。

折磨自己的事我做完了，但他还是一点儿都没有心软。是啊，那个时候我不肯相信，一个不轻易提分手的人说出来的分手，是经过深思熟虑的，是下定决心的，不可挽回的。他不爱你了，你不知道吗？

那天，陪朋友喝完他前女友送他的最后一瓶酒后，他说："就这样算了吧。"说完朋友捂着脸哭，我有些不知所措。他说："我想跟她结婚的，怎么突然就跟我分手了。"

02

他前女友今年二十岁,还没接触过社会,男孩二十三岁,工作一年。我知道他很爱她,所以带她去见家长,所以要见她的家长,还跟她说,想要结婚。但二十岁的女孩,真的想要结婚吗?我想不是每一个女孩听到这样的话,都会觉得幸福。

我二十岁的时候,是不敢见男朋友的家长的。没有为什么,不是因为我不爱他,但就是不敢见。也许是知道时间太早,也许是无形中有一些压力,就是不敢。关于结婚这事儿,更是觉得恐惧。

所以当朋友带他二十岁的女朋友去见他家长的时候,女孩显得有些慌张和不开心。最后分手的时候女孩说:"我才二十岁,未来还有那么多可能,我没想过结婚这件事。"她不是不喜欢我朋友,但她说的真没错啊。

肯定有人会说,有个男孩跟你说结婚,说明他把你规划进未来了啊,那不好吗?可你想啊,如果你二十岁时有个人真的要跟你结婚,你不会恐惧吗?未来你的规划结婚是排在前面的,而不是要谈着恋爱,牵着对方的手去到处旅行。

对于一个对未来有无限幻想的人,结婚并不是一件开心的事。我们想挣很多钱,想买自己喜欢的奢侈品,想做自己早就打算做的事,但不想过早地背负家庭的责任。何况,在连自己都养不起的情况下说结婚,根本没有可行性啊!

03

不是每个人想要的东西都是一样的。例如有人想早早结婚,有人想先环游世界……所以如果你强行把自己想给的送到对方面前,而那又不是对方想要的,只是在给对方压力。

就如同很老的那个段子:我想要的是一个苹果,你给了我一车梨,还问我为什么不感动。**因为你给我的,是你以为我需要的,而不是我真的需要的。**

一旦你一厢情愿地给对方那些她不需要的东西,对方的压力就会增大。她不想要那些东西,你还问她为什么那么绝情。

所以呀,谈恋爱的话,不要以"我以为你需要""我以为你想要"这样的状态去付出。而是要给对方,她想要的东西。

二十岁的时候,也许我更希望你说未来带我去环游世界,看各国风光。二十七岁的时候,也许你跟我说结婚,我会开心到掉眼泪。

其实我在等你主动

我常常陷入矛盾，就是该不该在某些事情上，稍微主动一点儿。比如在表达爱意这方面。那时候喜欢我的男孩儿找我聊天，他的每句话我几乎都是秒回。但我就是不主动找他。他坚持了一个月，就没有再来找过我说话了。

朋友问我："那你为什么不主动找他一次呢？""我不知道，我怕我的主动得不到回应。"因为我不知道自己重不重要，所以开不了口啊。

我很清楚的是，我喜欢他。只要他主动找我，我一定会回应他的。女生啊，有时候就是有那么一点儿故作的矜持。找不到你发出的暧昧信号，就不敢主动地去找你。

有人说女追男隔层纱，也有人说女追男隔了十座山。我比较相信的是，聪明的女生善于运用自己的优点，几乎就能得到自己想要的一切。如果不能得到的，也不会纠缠，懂得放手。

女孩子，不要太主动，也不能太矜持。太主动的姑娘不容易被珍惜，太矜持的姑娘又容易不断地错过，失去一次一次的机会，把握不住那些本可以拥有的人。

所以人生就是要不断地学习，学习如何轻松地去驾驭一段关系，然后让它健康地发展下去。在不断完善自我的过程中，也必定是伴随着失去和牺牲的。毕竟要有人教会你成长，你才会更快成长。

我在等一个机会，等你发出的可以靠近你的信号，然后就可以一把抓住你。

所以呢？你只需要再主动一点儿，就会知道我有多喜欢你了。

你知道了吧。其实我不是不喜欢你，也不是高冷不理你。就是女生那点儿小心思在作祟。你怎么还不来找我，你快来找我啊。你不找我，我也不找你。你酷，我也酷。于是，我们就错过了。

其实我在等你主动。不信？你给我发个表情试试。

"我曾经亲眼看着男友跟别的女人约了，现在还不是过得好好的？"

01

包子谈的是异地恋。男友在上海，包子在北京。两座城市的距离就变成了他们俩之间的距离。这场两年的恋爱直到最后分手那天，他们见面的时间加起来还不到一个月。尽管包子的抽屉里已经有了一叠高铁票，但她还是失去了这段爱情。

那天，在包子正计划要去见男友的时候，男友跟她提了分手。包子不知道为什么。她说："我把北京的工作辞了，我来上海。我们回家结婚吧，我嫁给你。"男友说："对不起，对不起。"

从男友提出分手的那一天起，她就像疯了一样给周围的人打电话。她问我们："是不是我哪里做得不够好啊，才让他想离开我了。"她还问我们："你们说我让我妈把房子买了，他是不是就可以回来跟我结婚了。"然后包子就真的给她妈妈打电话让她买房子，边说边哭。

那段时间，她几乎每天都在喝酒，每天道早安、晚安，每天关心男友，但换来的都只是他很冷淡的回复。

我记得那天她给我打电话，说她正坐在马路旁边，喝了很多酒，看到了很多车。她说还记得当时来北京的时候，男友跟她说，等他挣了钱，就回家娶她。

后来她就哭了。也不知道有没有给他打电话。

02

再后来，包子还是忍不住了，她决定去找他。那天，她上飞机前和我们说，她要再去努努力，说不定男友就回心转意了。

一个人到上海，她拖着行李箱，拿着男友家的钥匙，脚步很轻地走进了小区。她怎么都没想到，她的那把钥匙，会是终结她美好幻想的东西。

当她打开男友家门的时候，门口是一双高跟鞋，屋子里有一种说不出的味道，别人的味道。走到卧室门口她就知道怎么回事了，不该看到的东西都看到了，男友正和一个陌生女人做着不可描述的事情。

包子疯了，这TMD明明是电影里的场景，怎么会出现在自己的生活里？可生活，比电影还要狗血。这下她终于死心了，当一切龌龊都出现在她面前的时候。包子回到北京后，人已经完全变了。

她说如果不是真的看到了那一幕，也许她现在都还在想着如何挽回那段感情。也是从上海回来后，她就真的没再哭过了。让一个人真正死心的，是他完全摧毁了自己在她心里的美好，是让她觉得厌恶和肮脏。

包子说，我再也没办法跟他在一起了，因为我随时都会想到那一幕。

03

前几个月,他又联系了包子,大约是看了《前任3:再见前任》的原因。

他在信息里说:"我不奢求你原谅我,但我想说你真的是一个很好很好的姑娘,是距离打败了我们的爱情,也是我真的对不起你,还是想好好跟你说一句再见,祝你幸福。"

我问包子是什么感觉,她说:"完全没感觉。"但她还是不会原谅他。

从前她会把自己一大半的工资留出来,给他买各种东西,导致自己的生活过得很拮据。后来分手了,她一下子就宽裕起来。她每个月给自己买两件新衣服,多花点儿钱买化妆品,她开始学着爱自己。会爱自己的女孩永远不缺追求者,这不,最近包子又有新动向了。

我常常会收到一些留言,也看到很多类似的故事。被出轨的人很容易在心里留下阴影,容易对爱情失去信心,对生活失去希望。但是你看,包子现在过得很好,你肯定也可以。

分手是很痛苦,没有几个人是谈一场恋爱就能走到最后的。该喝喝,该哭哭,别给他打电话,也别去求他。

别说我矫情,时间真的可以改变很多东西,包括你对他的感情。过了那段时间,擦干眼泪,涂上口红,你还是那个优秀的人,甚至比从前更棒。

有时分手是一件好事,能让你看清楚某个人,明白自己应该更爱谁。而且分手也没那么严重,不是地球没了他就不转的那种程度。

谁还没有爱错过人啊,你看,我们都过得好好的。

"你女朋友不想结婚吧。"

01

如果是讲到谈恋爱，你觉得多长的时间算长呢？

三年？五年？还是更长？

恋爱谈得太久，并不是一件好事，当两个人熟悉得就像亲人一样的时候，也许就没有再去结婚的勇气了。

可我身边，就有一对谈了六年恋爱的情侣，至今，他们还没有结婚。

爱情长跑在外人眼里都是浪漫和幸福的，但只有当局者明白，这些漫长的年头是在不断消耗和考验两人之间的爱情。

而最经不起考验的，就是爱情。

就算坚持下来，也会有两种不同的结局。有的情侣最后结婚了，而有的情侣却在最后关头分了手。

我要说的，就是苏苏这一段六年的恋爱。

她18岁跟赵杨在一起，至今已经整整六年。如果要问苏苏关于青春的故事，她只说得出赵杨的名字，因为那是她整个青春、哪怕至今都牵绊着的名字。

可是，也许今后就与她无关了。

赵杨去外地工作了一年，这一年他们是异地恋，原本苏苏是信心十足的，她以为五年感情的积淀，怎么都不会被异地而打败。

可这一年，他们只见了一次面，在一起的时间才有三天。

没有频繁的电话，也没有每天的微信联系，有时好几天，苏苏都没有赵杨的消息。

苏苏已经24岁了，赵杨只是刚开始跟她在一起的时候提过，想30岁结婚。

感情的变化她不是感觉不到，她是想结婚的。就在赵杨回来的几天前，她旁敲侧击地跟他说："家里催了，两个人在一起太久了，如果不结婚，怕就得分手了。"

苏苏说："六年的感情不是白搭的，他应该明白我的意思。"

赵杨也许是明白了，但他还是跟苏苏说："我想30岁结婚，你再等等我。"

两个人在一起六年，苏苏今年24岁，赵杨跟她同岁。

赵杨的意思是，要苏苏再等他六年。

再谈六年的恋爱，那就是一场十二年的恋爱，没有几个人能等下来。

苏苏等不了。

02

我想他们的感情早就有间隙了。

从什么时候开始呢？大概是从赵杨坚决不让苏苏看他的手机开始的。

赵杨以前是做广告的，会经常陪客户，酒局不少。

所以哪怕是他常常凌晨回家，苏苏也是能理解的。

有一次，赵杨半夜回家，喝得烂醉，苏苏就照顾他上床睡觉。

她把赵杨的手机拿出来，微信的消息一直弹。

但苏苏是不知道赵杨手机密码的，换句话说，她不知道他所有的密码。

所有社交软件，手机解锁密码，还是银行卡密码，她都不知道。

赵杨的说法是，手机里什么东西都没有，但你就是不能看。

我就搞不懂了，既然什么都没有，那为什么不能看？

第二天赵杨酒醒了，苏苏跟他说，手机昨晚一直响，她问赵杨能不能设置她的指纹密码，这样万一有什么情况，她也能帮着解决。

赵杨非常认真地跟她说："我手机里没什么可看的，但我不想你看我的手机，我们得给彼此留一定的空间。"

苏苏虽然是有疑惑的，但毕竟她不是真的想看赵杨的手机，所以时间长了，也就没多想这件事。

但它是存在的，成为两个人之间真实的间隙。

直到赵杨去了外地工作，别提什么关联了，她连赵杨空间的密码都不知道。

更可悲的是，一般异地恋的情侣好不容易见一次面，一定得抓紧时间腻在一起吧，但他们不是。

赵杨回来那天，苏苏说去接他，赵杨说："不用了，我有点儿事，明天再见吧。"

第二天,赵杨下午才回苏苏的消息,他们就晚上吃了个饭就各自回家了。

他闭口不提所有关于感情的问题,苏苏也不提。

那天赵杨走后,有人问苏苏:"你们现在到底是什么情况?"

苏苏说:"我想结婚,但他可能不想。"

"那你们会分手吗?"

"六年了,我觉得分开好遗憾,可不分吧,我真的等不了那么久了。"

赵杨一直说,他想30岁结婚。

他应该从来没有想过,苏苏能不能等那么久吧?

03

别让女孩等太久,不想结婚就直说。

对于大部分女生来说,婚姻是一种莫名其妙的安全感,所以她们渴望早点结婚,组建你们共同的家庭。

而身为一个负责任的男朋友,你应该很直接地和她说明自己关于婚姻的看法,比如你认为什么时候结婚合适,比如关于你们未来的规划。

千万不要让她无止境地等下去,不是爱你的人就不会离开你,而是没有任何人可以不计后果地一直等你。

如果你爱她,请清楚地告诉她,你想要娶她。

可千万别等到她离开你了,你才知道她有多珍贵。

别等我说出这句话你才后悔

有人问我："感情里最痛苦的一句话是什么？"不是我不爱你了，不是我们分手吧，而是"我累了"。

很多人，处在一段感情里的时候，是不懂得珍惜的，他会肆意地挥霍别人对他的好，又尤其体现在男生身上。女孩对他好，特别好，久而久之他就会觉得这是理所当然。他不懂女孩的温柔，也不懂她的唠叨。甚至，他还会觉得烦。

有人说，男女是不同的。男孩觉得，如果你爱我的话，就不会走。女孩觉得，如果你爱我的话，就会来找我。可现实往往不是这样。女孩没那么多时间去苦苦等待一个人的成长。男孩也并不明白有的话要说出口，别人才懂。

现实的结果是，在我爱你的时候你不懂珍惜，后来你懂了，我却真的死心了。不是相爱就可以走到最后的，你早该明白这个道理。

苏祁是个好女孩，她安分守己，又特别爱自己的男友。通常酒局她是不去的，除非是工作要求实在拒绝不了，没她男朋友的局，她也几乎都是拒绝。只要她出现，她都是带着男朋友的。用她的话说，没男朋友的地方，就没有乐趣。

她月入好几万，但总是背着几百元的包，舍不得买一件上千元的衣服。一开始我们认为是她本来就节约，可那次跟她去逛街了才发现，她是只对自己节约。

那天她约我们几个小姐妹去逛街，说是给她男朋友买衣服。我们逛了几家男装店，价格都挺贵的，比女装贵多了。我们想着平时她这么节约，肯定也不会买的。后来看到一双死贵死贵的鞋，好几千呢，她觉得特别适合男孩，一定要买来送给他。那一整天下来，苏祁自己啥也没买，给男朋友花了小两万。

听说在生活里她也是这样，把最好的、最贵的都给他，自己将就。她迁就着他，包括吵架。都说，吵架女孩子要男孩子哄。可是苏祁说："他一次都没哄过我。"他也没给苏祁买过一件礼物。

时间久了，吵架多了，退让多了，真的会累的。苏祁决定放手那天，是那晚她肚子痛，她推了推男朋友，对方醒了之后说了一句"过会儿就好了"，就继续睡了。后来她自己喝了热水，连夜收拾了行李，搬走了。没有发生什么惊天动地的大事，但他们爱情就是在一次次的失望里，破碎了。

她离开的那几天，男孩疯狂给她发消息，她哭得很伤心，却还是没回消息。

最后她发给男孩三个字"我累了"，就拉黑了他。

很多感情，失去后就没有挽回的余地。所以有人爱你的时候，千万别作。没有谁会永远无条件地对你付出，一旦他对你失望了，你就再也没有机会了。

在这个时代，被爱是一种福气，而不应该成为一种骄傲的底气。不知道为什么，总有人说，被爱的人都是祖宗，恃宠而骄的人，总有一天会作完了被爱的运气。

但不是每个人都能够被爱的，很多人终其一生都是在爱人，都是在伤心。所以你要珍惜每个被爱的时刻，珍惜每个爱你的人。

别等我说出"我累了"这三个字，你才后悔。我不想用失去教会你珍惜。

你女朋友很丑吧?

01

如果不是我八卦问到了这一点,可能再过半年,我都不知道俊杰谈恋爱了。

为什么呢?因为他谈恋爱谈了这么久,从来不主动提起,身边也没有一个人知道。朋友圈、照片,一切都没有发过。

我想我知道为什么,因为俊杰不是一个不秀恩爱的人。他曾经的朋友圈每条动态都配了前女友的照片。说实话,如果真的很喜欢对方,就会想让身边所有人都知道她的存在。会迫不及待地把她介绍给自己的所有朋友,把她的照片发在朋友圈里,然后也不多说什么,就比一颗心就好。藏着掖着的,那不叫女朋友。

那时候兜兜的男朋友也是,从来不发兜兜的照片,也没有跟别人公布过兜兜是他的女朋友。兜兜说,她也问过他,为什么从来不发关于她的动态。男孩只是说,不喜欢发这些东西。

我问她:"你有没有强迫过他发哪怕一条动态呢?"

她说:"有啊,但那次闹得很不愉快,他生气了,还说我矫情。"

我安慰她:"也许他就是不喜欢玩这些罢了,你别多想。"

其实我说的话我自己都不大信。但我不想拆穿很多事,因为怕仅仅靠自己的臆想会伤害到兜兜。毕竟兜兜真的很喜欢他。但不知道过了多久,兜兜哭着来找我。她在玩男朋友手机的时候,有人给他发了微信,她点进去之后又鬼使神差地看了他的朋友圈。原来,他锁了很多动态和照片。而照片上的人兜兜认得,是他前女友。

兜兜和我说:"他舍不得删这些照片,却始终不发这些照片,我想他心里的那个人不是我。"她决定和男孩分手了,我劝她考虑好,但她摇摇头说:"我尽力了。"兜兜是个挺漂亮的女孩,也会看人说话。她拿得出手,只是对方不想把她拿出手罢了。她不丑,只是在对方心里占据的位置,还没有大到可以让他把她公开。换句话说,他没那么喜欢她。

02

曾经看过这样一种说法:如果男生不主动说自己有女朋友,也从来不发关于女朋友的动态,有几种可能。要么是心里有人了,不想让她知道;要么是没那么喜欢这个女朋友,怕断送了其他更好的可能。

可我觉得,这不叫女朋友,这明明就是备胎啊!

相信很多姑娘都还是对爱情充满了美好期望的。她们想谈恋爱,想被人不遗余力地爱着,想谈一场公开的恋爱。因为我们不再是小孩子了,真的不想谈个恋爱都太憋屈。

人活一生，最重要的是开心呀！你跟我谈个恋爱还不公开我，我很不开心。

我承认，那些不发动态的男朋友里，有一些是的的确确不喜欢玩这些。但足够多的喜欢和爱就是愿意为你破例，让你成为特例。

不知道别人怎么想，以前很喜欢一个人，就是想告诉全世界他是我喜欢的人，是我男朋友，没有原因。

他没有公开你的身份，没有带你去见他的朋友、家人，从来不肯为你发一条动态，他对很多事情都很有原则。你觉得他有他的想法，但事实是，他不够喜欢你。

我还是喜欢那种会秀恩爱的男朋友。不是每天都要发关于我的动态，偶尔发一次，我就会觉得甜到不行。从那些他想告诉别人的字里行间，真的能感受到他对自己的喜欢。而且说真的，大多数女生都有占有欲，你告诉所有人我是你女朋友，相当于也告诉所有人你是我男朋友，一下子既满足了我的占有欲，又让我有安全感。

说真的，你女朋友不丑。**要谈恋爱，就谈一场公开的恋爱。**

"你的新女朋友怎么样?"

两个人分手后,一大部分人是怎样的状态呢?有的老死不相往来,有的假模假样地做起了朋友,还有的是当初分手的时候闹得天翻地覆,后来很多年后和解,真的和对方成了朋友。但不管是哪种,都极少有人问过:"你的新女朋友怎么样?"大家都不知道这句话该怎么问出口,尤其是对那个无法替代的人。

琪琪说,她问了,而且对方回答了。

琪琪的前男友是她费尽心思追来的,不管别人怎么说,她就是想要跟他在一起。那个男孩子很帅,之前喜欢的女孩子也很好看,但琪琪并没有那么好看。

可没有任何一个人像琪琪那么爱他。琪琪为他学会做饭,做家务,为了给他买他喜欢的钱包,存了两个月的工资,她甚至在男孩最落魄的时候都不离不弃。男孩后来也很爱琪琪,学着做一个满分男友,拒绝"绿茶"的勾引,努力挣钱给她买包。

明明生活和爱情都越来越好了,可男孩却突然出轨了,是那种最狗血的办公室恋情,女孩希望他负责。他和琪琪说:"她还是个小姑娘,需要我,我只能对不起你了。"

琪琪太难过了,难过到什么话都说不出来,只知道哭,甚至患上了抑郁症。那段日子很苦，琪琪整个人都很消瘦，如同行尸走肉。不过还好，她遇到了现在这个男朋友。

新男朋友陪着琪琪度过了那段灰暗的日子，陪着她找回那个有生气的琪琪。有次她和我们说："虽然他对我来说是没人能替代的，但我新男朋友挺好的，真的。"

失去过一个很喜欢的人，失去过一段很用心的爱情，现在的琪琪什么都无法再相信，也什么都可以接受了。对啊，能够接受感情意外地失去，能够接受爱人突然地离开。能够接受一个曾经决定要和他相伴终身的人，变成了自己的前任。

文章的开头说，琪琪问了前任那句"你的新女朋友怎么样"，对方的回答是："她没你好。"我问了她后来，她笑着说："哪有什么后来，我的新男朋友挺不错的。"

爱过的那个人固然很好，你毕竟曾经是我心尖儿上的，也许自你之后，再也没人能够取代你在我心里的位置。甚至我会说："我再也不会像爱你一样，再爱后来的人了。"

但那又怎样呢？**你是我的过去，不是我的未来，我很清楚，你也很清楚。你是我漫长青春里对爱情的执念，但也仅此而已。**

我不会问你"你的新女朋友怎么样？"因为你说她好，我会不开心；你说她不好，我也不会感到庆幸；你说她没我好，我也不会高兴。

因为我知道，我的新男朋友，不会再是你。

找一个肯为你努力的男人结婚，就算他现在没钱

对谈恋爱来说，钱多有钱多的过法，钱少也有钱少的过法。谈恋爱的时候，你们可以一起吃1000元一份的牛排，也可以喝3元钱一杯的奶茶。但结婚不行，结婚一定要有一定的物质基础。吃穿住行都要花钱，有了孩子，还要面临教育资金问题，还有双方父母的赡养费用，每一样都是要花钱的。

那你应该找一个什么样的男人结婚呢？**他不用现在就很有钱，但他一定要是个肯为你努力挣钱的男人。**女孩不怕你穷，怕的是你穷得理所当然，还一点儿不上进。

思琦现在常跟人说的话就是："你男朋友现在没钱没关系，但他一定要上进，我就是个血淋淋的例子。"她前年离婚了，和她二十岁时很喜欢的那个男人。

他们认识的时候，男方就很爱玩游戏，做着一份没有前景的文员工作，拿着3000元却没有奖金的工资。思琦那时还在读大学，但已经是月入过万了。

她很喜欢他，所以想要跟他结婚。那时只想着爱对方，只觉得两个人只要结婚了，就可以彼此陪伴一辈子，所以毕业后，他们就结婚了。没钱，没房子，只办了一场简单的婚礼。

结婚后,他们之间问题才一个个凸显出来。男方还是那样,拿着3000元的工资,下班就玩游戏,不做家务,也没想着要在工作上更努力一些。思琦那个时候加上奖金,每个月有15000元的收入,但工作压力很大。

得知思琦怀孕,男方家里要求她辞掉工作,在家安心养胎,思琦一开始不同意,但拗不过家里还是辞了工作。她以为有了孩子男方就会努力了,可他依旧没有上进,他还是按部就班地上着班,雷打不动地玩游戏。

孩子一岁多的时候,思琦过不下去将就的生活了,她想给孩子更好的条件,她在这个男人身上看不到希望了。

思琦说:"恋爱可以没钱,但结婚不行,找的男人他可以现在没钱,但不能不努力。"

有的男孩说:"你们女孩真势力,没钱就不能结婚了吗?"能啊,当然能,但你能对结婚后的生活做出保证吗?

他现在可以没钱,但一定要肯为你努力。努力是为了让你以后生活得更好,也能表现出他对你的爱。因为他爱你,才会为你很努力。

那句话说了很多遍了,爱你的人不会让你吃苦、将就的,他会努力给你最好的生活。

两个人在一起,应该是越来越好。女孩选择嫁给你,难道你要让她过得越来越差吗?物质的确不能代表一切,但基本的物质可以给她足够的安全感。

也许你在某一刻非常想嫁给某个人,但结婚不是一件小事,冲动过后,还是要面对现实。老话说,贫贱夫妻百事哀。我想你也不希望未来因为没钱,而被生活折磨得不成人形。

和一个肯为你努力、很爱你的人在一起,他一定会让你们的生活好起来,富足起来的。

所以,他现在可以没钱,但一定一定要肯为你努力。

第 4 章

那个很爱你的人，
那段很美好的未来，在路上

人生的道路上，有选择，有放手，有挫折，有担当，有成功，有失败。时间过滤了记忆中的那些伤痛与不悦，也沉淀了喜乐与疯狂。而这些曾经的美好回忆，伴随着你一路走来，经历了人生的风风雨雨。于是就印下了那段旧时光，游走在岁月的流动中，缓缓消逝。而那个很爱你的人，那段很美好的未来，在路上。

女孩应该学会为自己而活!

01

原来一个人为了爱情真的是什么都可以做的,连改头换面都可以。一个再好看的人,遇到爱情都会自卑到尘埃里。

我看过一条有些可怕的新闻,内容是,二十二岁的香港女孩为了取悦自己的男朋友,一共整形三十余次。女孩Berry,二十一岁的时候遇到男友,对方经常批评她的长相。于是她为了取悦男友,试图把自己整形成男友喜欢的明星的外貌。

可在她做了三十余次手术之后,在做了包括额头、嘴唇、鼻子都动了刀之后,对方仍旧不满意。后来她终于懂了,不管她怎么改变,都不能满足对方的要求。如今Berry和男友已经分手。心碎的她表示,如果能回到从前,她不会这样做。

我看了她以前的照片,没整容之前的她,也是非常好看的,只是因为喜欢的男生不喜欢她的长相,她就去整形三十余次。

我能理解,喜欢上一个人之后有时会变得自卑,就会想方设法地去改变自己,以求得到对方的喜欢。可是你应该要思考的是,一个喜欢你的人，会因为你的长相，就不喜欢你吗？换句话说，一个不喜欢你长相的人，一个总是批评你长得不好看的人，是真的喜欢你吗？

喜欢你的人难道不应该说，虽然从前我喜欢那种瘦瘦高高的女生，但如今觉得胖胖的你才是我最喜欢的。

02

外表的改变并不能改变爱情的走向。爱情是靠两颗真心来维系的，不是只靠你一味地取悦对方。况且不管你怎么改变，你再自卑也好，喜欢你的人不会因为你的那一点点缺点而不喜欢你。只有不喜欢你的人，才会无限放大你的缺点。

你喜欢过别人，也被别人喜欢过。那你应该知道，每个人都是不完美的，你喜欢的人也有缺点，也有不尽如人意的地方，也不是原本你所期望的样子，但你真的会因为不喜欢他的外表而收回那颗被他拿走的心吗？答案是不会，任何人都不会。

03

傻姑娘，你应该学会先爱自己再爱别人，你应该为自己活，而不是为别人活。你可以为喜欢的人改变，但你要越变越好，而不是越变越不认识自己。你应该变得优秀，而不是肤浅。

那个为了取悦男友整形二十余次的女生，她有想过整形的后遗症吗？她想过若干年后，自己加速衰老、不可逆的脸吗？她没有。她并不是为了自己去整容，而是为了别人。她想的只是：如果我变成了他喜欢的长相，那他就会喜欢我了。可如果他仅仅是因为一张脸就喜欢你的话，容颜总会老去，那以后他也会因为这张脸就讨厌你，放弃你呀。

你应该学会自爱、沉稳，然后是爱人。如果你连自己都不珍惜自己，连自己都不爱自己，又怎么能奢望别人来爱你呢？

这一生那么短，任何人都有可能离你而去，而只有自己会陪伴你一生。所以**你应该学会取悦自己，为自己而活，不是为了别人。**

前男友结婚了，我送了他100000块的红包

01

说出的每句话都是要负责的，做不到的事情就不要轻易许诺。

琳琳是我的大学同学，家是杭州的。继承了父母会做生意的头脑，自己开了一家广告公司，生意越做越大。

大概是去年的时候，她发了一条朋友圈，"送了他10万的红包，算是两清了。"不是炫富，就是单纯的解气。这个让她送10万红包的男人，是她的前男友——瑞哥。相恋四年，最后分手却是因为，他不想继续养琳琳了。

说实话，琳琳从来也不需要他养。琳琳家里的条件比他好太多了，是他当初信誓旦旦地跟琳琳说："你什么兼职都别去做，我养你。"

这不就是大多数男生喜欢说的话吗？"我养你"，听起来多有担当，多感人啊！可是真的到那个分儿上，才知道这句话的分量有多重。

琳琳虽然家庭条件优渥，但从大学开始就做兼职了。家里人告诉她，要自己体会到挣每一分钱的不容易，这样花钱也才能有节制。所以她一直不是一个养尊处优的小公主，端盘子、洗碗等脏活、累活她都干过。

02

后来她遇到了瑞哥。瑞哥是个普通家庭的孩子,但对自己心爱的女孩倍加爱护。当他遇见琳琳的时候,他跟琳琳说,"我不需要你做别的,我只要你爱我就行了。"

琳琳一开始还是继续做着兼职的,但是瑞哥执意要琳琳辞掉兼职,说挣钱的事应该男人来做。因为那时琳琳还在读书,家里也补贴一些生活费,所以琳琳也就没有再做兼职。

后来他俩大学毕业了,瑞哥对琳琳说:"你别找工作了,我养你,你就在家当全职太太。"

瑞哥是个挺有能力的人,也能挣钱。他刚毕业,就拿到了一万多元的薪水。于是琳琳安心在家为他洗衣、做饭,每天把家里料理得井井有条。

刚开始他们真的很幸福,在一居室的出租屋里,瑞哥不管加班回来多晚,琳琳都会留着灯,在沙发上等他,给他做一碗面或陪他聊聊天。

瑞哥也会常常在下班早的时候,跑去十几公里外的地方给琳琳买那家她喜欢吃的猪蹄,也会给她买花,给她惊喜。

他们之间是从什么时候发生变化的呢?大概是在毕业两年后。瑞哥的工作越来越忙了,他不再会去给琳琳买猪蹄了,常常连他们的纪念日都忘了。他开始在家里不停地叹气,开始嫌弃饭菜不合口味。他总是和琳琳说:"我就不回来吃了,今天可能回来会很晚,你先睡吧。"应酬多了,工作忙了,钱也挣得多了,他也变了。

他有时会在琳琳忘记帮他洗衣服时,脱口而出:"连这点事儿都做不好,你在单位上班早就被开除了。"琳琳说,那时她就感受到了,他从心底里发出的对她的厌恶。所以最后,瑞哥跟琳琳说:"我一个人养家太累了,我不想过这种生活了,我们分手吧。"他都没有给琳琳一个让她工作的机会。说分手,他应该也已经想了很久了。

03

说养我的是你,说养我太累的还是你,有没有搞错?听说,没过多久他就跟一个同事在一起了,还是办公室恋情。琳琳可没在朋友圈少骂他,总之就是各种不甘心,各种咒骂的话。骂了一段时间,也就没声了。

大概是在瑞哥要结婚之前,我们才听说琳琳的公司现在做得很大,她已经完全是一副女强人的样子。

没人知道分手后她有多痛苦,也没人知道创业时她有多难。琳琳说:"如果不是瑞哥,我也不会在那么难的时候都挺过来了。"她把不甘心和痛苦都化为了工作的动力,都变成了日后她生活中一股隐形推动她前进的力量,所以她才有今天的成功。

她说,送前男友100000块的红包,也是想还清那几年他为她花的钱,多的就当感谢费了。因为如果不是他,琳琳也不是现在的琳琳。

想跟男生说,**"我养你"这种话,分量太重了,它真的会压垮一段爱情,说的时候请你想清楚。**

想跟女生说，有的情话听听就算了，如果你的心愿不是当家庭主妇，那就还是一定要有自己的事业。毕竟，男人嫌弃当家庭主妇女人的故事，我们听得并不少。

会作的女朋友才可爱

01

朋友突然问我:"你是一个很作的女朋友吗?"我想了想:"是吧,有时候我还挺作的。"朋友说:"那你一定很爱你男朋友。"

听到这话我一脸惊讶,他说以前他也有个很作的女朋友,因为觉得对方太作分手了,后来找了个不作的女朋友,觉得还是那个作点儿的女朋友更爱他。

我问朋友:"你那个会作的女朋友是怎么个作法?"

他说:"本来我觉得在一起也不是一两天了,情人节和各种纪念日不用每次都过。但她不是,只要哪次我忘记过节日了,她就会生气不理我,说我不在乎她。还有出去吃饭和看电影,一定要拉我去。我说让她跟朋友去,她也不,说什么美好的食物和电影要和我一起分享。还有最严重的,只要我出去喝酒,她就一定要问清楚和哪些人一起去,不准我和别的女孩说话,要我准时回家,还会打夺命连环call。"

另一个朋友问他:"那你后来那个不作的女朋友呢,为什么分手啊?"

他说："那个女孩其实挺好的，各方面条件都不错，又独立，但总觉得缺点什么。我们在一起的时候，她做她的工作，看自己喜欢的电影，然后会按时去瑜伽室上课。我们很少在一起吃饭，通常她有哪家很喜欢的餐厅，会问我去不去，如果我说不去，她马上就会约别的朋友，一点儿也没有因为我的拒绝而不开心。怎么说呢？我觉得我在她的生活里是可有可无的，我感觉不到她有多爱我。"

02

很多人都想找一个成熟懂事，不那么小孩子气，不那么作，所有行为都能对自己负责，也保管好自己情绪的人当女朋友。他们觉得这样的恋爱谈起来很轻松。

总结来说，大多数人对女朋友的要求是，独立，不麻烦我。但那么独立的两个人，和单身有什么区别呢？

电视剧《太阳的后裔》里说，谈恋爱本来就该是自己能做的事情，偏要麻烦你，这一来二去，就叫爱情。

其实大多数女孩子都是会作的，那些不会作的女孩，要么是真的已经独立自主到所有事情都能理性思考，要么是对你的感情没有那么深，还有一种就是不敢作。

七喜就是那种不敢作的女孩子。朋友们都一直认为，七喜是身边的女孩里最懂事的一个。她几乎从来不给男朋友打夺命电话，也没有那么容易疑神疑鬼。别人都说："七喜的男朋友可真幸福啊，有那么懂事的女朋友。"

过不过情人节,七喜说无所谓。有没有礼物,七喜说无所谓。男朋友说不想去看电影,七喜说那就算了吧,转头就忙起了自己的工作。因为她太懂事了,所以她一旦有一点点的小情绪,就叫作。

那天七喜哭了。她说:"其实我也想像别的女孩一样,缠着男朋友陪我看电影,我也想跟他求抱抱、求亲亲,也想跟他发泄我的消极情绪。可是我不能,我明知道他没有那么喜欢我,但是我离不开他。"

她不是不会作,而是不敢作。同样地,她在这段感情里憋屈着自己,从头到脚都是不自在的。

03

记得拍照的时候有个说法:你摆pose(中文意思:动作)的时候,一定要自己感觉舒服。如果是自己不舒服的pose,拍出来的照片也不会好看。

爱情也是一样,如果你在感情里一直处于很不舒服的状态,那我想这段感情也一定有不少的问题。能在爱情里自在,才应该是感情最好的状态。

你真的想要那么理智的爱情吗?

一个在你喝得烂醉回家的时候,毫不在意你的女朋友,一个什么事都可以自己独立做好的女朋友,一个在面对问题是理智解决的女朋友,一个从来没有小脾气也不会撒娇的女朋友。那么成熟的女朋友,你怎么能感觉到她爱你呢?

爱情的本质,就是因为你,我变得不理智。你是唯一能让我无法自持的人,所以你是我的爱情。

我听过女孩子抱怨自己的男朋友太小孩子气,别的男孩说:"男生只有在喜欢的女生面前才会是这样,你知足吧。"而那些男孩子抱怨女朋友太作的时候,一些男孩会说:"我觉得你女朋友太过分了,这样不行。"

可你有没有想过呢?任何人都有自己成熟、理智到恐怖的一面。只有在爱的人面前,他们才会卸下伪装,当什么事都不用顾忌的小孩子。

女孩子就更不例外了,她们很感性,如果连她都对你们之间的关系自始至终保持着理智,那她对你的感情,真的有待考究的。

其实那些偶尔作的女孩子也是这样的呀。她想通过那些事儿,来博得你更多的时间和爱,来证明她在你心中有多重要。

直到现在我都觉得,女孩子会作才是可爱的。合适的作让她变得俏皮、鲜活,她会吃醋,会生气,更像是一个处于恋爱中的小女孩。她的每一次作都是因为在乎你,爱你,重视你。

如果你要求她不作,不生气,不吃醋的话,那跟个充气娃娃有什么区别。

你嫌她作吗?如果嫌的话,你应该考虑是不是自己的问题了。

护短的男生好有魅力啊

有人说谈恋爱一定要找一个宠自己的男生，宠分很多种，但凡是宠你的，就一定是爱你的。我见过一些很宠女朋友的男生，但我更喜欢的是那些护短的男生，把娇小的女朋友护在身后的样子，为了她跟别人认真的样子，都太有魅力了吧。

那个会护短的男生，一定很爱他的女朋友。

我跟弥弥说这样的看法的时候，她表示很赞同。久经情场的弥弥谈过挺多男朋友的，有很宠她的，有爱她爱到想马上结婚的。但她说在这么多任男朋友中，她最爱的、记忆最深刻的就是这个会护短的男朋友了。

那些前男友宠她，给她买很多好吃的，爱她，想和她共度余生，但总是在弥弥发生很多事情的时候，跟她说算了。他们不会在别人有意无意欺负弥弥的时候站出来为她说话，保护她。

他们总是说，别把事情搞大了，成年人解决问题的方法应该要成熟稳重一点，你吃点亏算了，委屈一下。大人的道理我们都懂，可还是希望在自己被欺负的时候，有人可以站出来说"你不能欺负她，她是我的！"

弥弥这个男朋友没她前男友那么宠她，也没有说刚谈恋爱就想和她结婚，可他让她特别有安全感。这个男生从来不让别人欺负她，也不会跟她说："你委屈一下，你吃点亏。"

有别人想灌弥弥喝酒，他站起来说："弥弥不喝，我跟你喝。"最后把对面的人喝倒了，自己也抱着马桶吐了一晚上。弥弥说，看着他红着眼睛抱着马桶吐的样子，我特别心酸，也特别感动。

和人谈生意的时候，有人对弥弥说了不好听的话，他就用那笔生意把对方的利润压缩到几乎没有的地步，用赚的钱给弥弥买了一套房子。

其实爱一个人不关有钱、没钱的事，你送她几十万的包，也许不如你在某次她受欺负的时候站出来护住她。

那些肯为了爱人站出来的男生太霸气了吧，她是我的，你当然不能欺负她。

想找一个护短的男朋友，当我在风口浪尖的时候，在别人欺负我的时候，他会义无反顾地站出来护我周全，而不是让我忍气吞声，委曲求全。

我可以识大体，也可以吃点亏，可我多希望在我扛住压力的时候，有人可以站在我前面，不一定需要你为我挡风挡雨，但你要陪我共担风雨。

真的太喜欢那些护短的男生了，他们把女朋友护在身后的样子，像极了战场上冲锋陷阵的勇士。

很想找一个护短的男朋友呢！

不要因为谈恋爱耽误了挣钱

01

前几天和朋友聊天的时候,她跟我抱怨了近况。说她男朋友特别黏着她,可有点太过了。

比如说,她加班的时候,男朋友会一个劲儿给她打电话,问她什么时候回去。又比如说,她太忙了,一下午没有多跟男朋友说几句话,男朋友就会生气,是真的生气,说她不在乎他。

有一次特别严重的是,她正在赶客户的方案,很着急的那种,男朋友非要让她看一个10分钟的视频,还一直跟她说话。说实话,我在忙的时候,遇到这种人,我真的会生气。凡事有轻重缓急,这是成年人应该知道的道理。最后的结果是,朋友的方案没做完,男朋友也不高兴。这种情况多了,她男朋友总是觉得她事业心太重。

那次争吵,她男朋友脱口而出一句话:"那你就跟你的事业过一辈子吧!"

她反问了一句,"那你觉得我不那么努力可以吗,我可以依靠一个月拿3000元工资的你吗?"

爱情的确很重要，但它不能吃、不能喝，不能给你想要的生活。有情饮水饱，但良好品质的物质生活仍然不会让人轻松。身处在城市里，没有谁活得容易的。

因为我们都没有获得意外的拆迁补偿的2000万。

02

张爱玲说过，"我喜欢钱，因为我不知道钱的坏处，我只知道钱的好处。"

上上个月，我姐夫的爸爸检查出得了肺癌，中晚期。听说，一检查出生病他就住进了医院，做各种治疗。总之，希望能从死神手里再多争取一点点的时间。医院真的很贵，更别提这种治疗了，每天的花费都是好几万。

说真的，一般家庭的月收入可能连一万都不到，生这样的病，几乎就等同于宣布自己死亡。好在姐姐是公司的高管，年薪在50万左右，姐夫自己有一家公司，年收入几百万。

姐夫跟医生说，"钱不是问题，希望您能帮我父亲再多争取一点儿时间，我们用最好的药，最大限度地减轻他的痛苦。"一个月的时间里，他们就花了100万。

100万，真的不是一个小数字，很多家庭，可能一辈子都挣不到那么多钱。

如果姐夫他们没有钱呢？假如他们也是月收入几千元、普普通通的上班族，那么多钱，简直是天方夜谭。此时此刻，他们一定会绝望于自己的无能为力。

在某个地方看过一句话：大多数人觉得自己挣的钱还算过得去，但当你生了一场病，你就知道自己有多缺钱了。

生命只有一次，而能够应对意外，延长生命的方法，是异常昂贵的。

03

说了那么多，就是想说，钱，真的很重要。

我从不掩饰自己对钱的渴望，因为不论是我想要的生活，还是我想给父母的生活，都必须要用钱来支撑。

你可以去谈恋爱，可以因为爱人去环游世界，去流浪，可以不问世事，不为金钱所动。你也可以为了跟喜欢的人在一起而放弃高薪，去做一份普通工作，挣微薄的工资。但这一切的前提是，你一定要能承担得起风险。被抛弃的风险，一无所有的风险。

我记得粒粒问过我，她要不要因为一份前景和工资都很优厚的工作，而放弃这段感情，还是说因为这段感情，放弃工作。

这种问题旁人是不能帮当事人做决定的，我说："留在他身边，你要想到，今后可能没有那么好的工作机会，并且他未来也是可能离开你的，你能不能接受人财两空的极端后果。换个角度想，离开他，你的确能够得到一份很好的工作，但你可能再也找不到像他那样的人了。在认真思考后，做你不会后悔的选择，看你自己的侧重点。"

　　爱情很重要，钱也很重要。我不止一次地说过，钱是选择的底气。只有当你有底气的时候，你才能选择自己想要的爱情，生活。在一段感情穷途末路时，选择离开；在一段爱情来临时，不会因为金钱问题而被阻挡。

　　"为什么要努力挣钱呢？""因为我喜欢的东西都很贵，想去的地方都很远，爱的人都超完美！"

"二十岁就背几万的包,一定是被包养了。"

01

我有个特别讨厌的大学同学,她一边嫌弃着人家穿某宝爆款,一边自己买着"随便穿穿"的地摊货。她最喜欢说的话就是:"你可真有钱。"语气很酸很酸的那种。

一般人对名牌包的女孩的看法是,"这个女孩家里应该挺好的"或者"她是做什么工作的,要是自己赚钱买的包的话,太厉害了"。但我那个大学同学对于这些女孩的看法只有一个,"二十岁就背几万的包,一定是被包养了"。

不知道她是有多小肚鸡肠,才会以最大的恶意去揣测别人。况且包养这一说,是诋毁。

02

二十几岁背名牌包的女孩,除了家里有钱和被包养,就不能是自己挣的吗?

我认识一个小女孩,才十八岁。她有几个挺贵的包包,衣服也不便宜,常常出入高端酒局。于是有人说,她一定是被包养了。

你了解她吗?凭什么说人家是被包养了啊!我们都知道,她是个写文章很厉害的小姑娘,靠写稿一个月能挣好几万。她的收入非常可观,买几个挺贵的包包,也不是难事。

我身边的女孩儿们年龄都不大,但她们都挣得挺多的。一个月挣的钱比一般人一年都多好几倍。但你千万别乱想,人家都是正经地靠写文章挣钱的,靠的是自己的脑子和才华。

如果你一开始就用狭隘的眼光去揣测别人,只能说明你的内心一点也不阳光。

有一次,有人刻意在网上散播这个女孩被包养的信息。我把截图发给她看,以为她好歹也骂几句,但她没有,她说:"我没做过的事,别人怎么污蔑也没用。"

03

年轻的女孩不是只能靠青春吃饭的。她们有想象力,有勇气,有执行力,她们的能力也许在三十岁的你之上。

你每月拿着1000元的生活费,逃课和看电视剧就是生活的全部。你每天过着三点一线的枯燥生活,连单位的升级考试都嫌麻烦。你身边的人都和你一样,普通得不能再普通,也不上进。所以当有一个不符合你逻辑的人出现的时候,你坚定地认为,她一定是那个不合常规的、打破世俗的人。

是，你说对了，她的确是不合常规的。因为那样的女孩，在你们看电视剧的时候，在学习做广告的技巧。她在你们谈恋爱的时候，琢磨着让客户更满意的方案。她在你们还需要靠父母养的时候，就已经能够自己挣钱买包了。

这个世界上有的是比一般人有能力的人，她们也许十几岁，也许二十几岁。

年轻是资本，但不应该成为被诋毁的材料。你不能因为自己十几岁时做不到，就认为没人能做到。

那些二十几岁就背几万元包的女孩子。她们有权利选择过高品质的生活。

喝星巴克不是有钱，经常打车不是有钱，用神仙水不是有钱，背名牌包不是有钱。对于有能力承受这一切的人来说，他们只是在过着自己想要的生活。星巴克就是他们常去的饮品店，打车是为了节省时间和更方便，用神仙水是觉得它可以让自己皮肤变好，背名牌包是因为自己喜欢。

不要在意那些嫉妒的眼光。因为他们没有，所以才有恶意。

我把自己养那么贵，不是为了让你教我省钱的

01

那天听到一个男生说："你看那个女生背的全是大牌包，穿的也不便宜，太败家了吧！"

我知道那个女生，本身家庭条件就很好，加上自己在金融公司上班，每个月几万元的收入，完全可以自己买大牌包。可不知道从什么时候开始，一个男生对女生是不是持家，是不是败家的标准是靠穿着打扮来衡量的了？

人家花的是靠自己挣的钱，败的又不是你的家。

很讨厌这样的人，自己只拿着一点点工资，却数落着那些一个月挣好几万、背着名牌包的女生。很多东西并不是你买不起，别人就买不起的。也许她买一个包，就像你买一包烟那么平常。

落落说："我把自己养那么贵，不是为了让谁来教我省钱的。"这话是说给她前男友听的。

落落一开始也不是个特别有钱的女生，但她努力，上进，还有头脑，在很短的时间里，就让自己的工资上涨了好几倍，还拿到了合伙人

的分红。生活质量一路上升，她过得也越来越有格调。

记得那是工作了三年后的落落，出席聚会穿看起来就很贵的衣服，买几千元一双的高跟鞋，背四五万的包。对了，她已经单身五年了。

那个前男友，就是家里人给她介绍的。一开始见面的时候，男生夸落落衣品好，说她大方得体，落落也觉得他不错，彬彬有礼的。

可在一起没多久，两个人就出问题了。男生知道落落的衣服、包包那么贵之后，总是有意无意地跟她说："女生要懂得勤俭持家，几百元的包包背起来一样好看。"也不愿意让落落去吃1000元一份的牛排。

落落说，她最受不了的有两件事。一是情人节的时候她订了很贵的餐厅，男生却说不用吃那么贵的，于是带她去了一家快餐店还用了团购券。二是落落和他逛街的时候，看到了一个很喜欢的包，几千元，这个价格对她来说也不算什么，但男生却当着服务员的面说："太贵了，买个便宜的吧。"

事后落落跟我们说："你不知道那种样子，真的太尴尬了。不买就不买吧，他还非得要挑点毛病说出来，那种感觉太难受了，我真的没办法再和他多相处一天。"

于是他们分手了。

02

不得不承认，在他们谈恋爱的那段时间里，落落的生活水平下降了一大截。有句话不是说吗？我跟着你不求大富大贵，但至少你不能让我降低自己的生活水平，去融入你的生活。

也对，如果你跟一个人在一起，比你一个人的时候过得差，还不开心，那完全没有和他在一起的必要啊。

记得之前在网上看过一句话：你现在月薪3000元当然会觉得5000元的手机贵，可对于那些月薪10000的人来说，5000元的手机也不算贵。所以你觉得贵的东西，对别人来说不一定就是贵的。

很多时候，贵不贵这个概念其实不光在于你挣钱多少，挣同样多钱的人，也许有的只背几百元的包，有的只背几万元的包，那是你之间三观的不同，根深蒂固地不同。

也许是每个人有每个人的活法，但我愿意用自己的钱活得更高级，你凭什么要求我降低自己的标准呢？我花的是自己挣的钱，败的又不是你的家，如果三观不同，我只能说再见不送。

有人说，你是什么人，就会嫁什么人。我把自己养那么贵，我把生活过那么精致，是希望有一天，我能找到的另一半也是这样的人，可以和我一起过更好的生活，而不是找一个教我省钱的另一半。**我的穿着打扮，我的生活品质都是我的底气呀！怎样我都不要委屈自己，因为我懂，连自己都不肯爱的人，怎么会大方去爱别人？**

"因为我穷啊。"

01

刷朋友圈的时候,我看到有人说:"精彩的人生都跟钱有关,跟我没关系,因为我穷啊。"

我身边的朋友大部分都不算有钱,每月能拿到一两万元的工资的人在朋友圈中已经算是中上水平了。但那是少数,通常大家的月薪都在3000~8000元之间。除去房租、水电费等生活正常开销,剩不了多少钱。所以当微博上有人晒了一顿1000多元的牛排时,有人会说:"真奢侈。"其实这是实话,但更多人的潜台词是:"真羡慕。"

你让一个每顿饭只有10元钱预算的人去吃一顿1000多元的牛排,他能不觉得奢侈吗?1000元,可能就是大多数人,整整一个月的伙食费。

我有个朋友,他的工作就是到世界各地去旅行,他每到一个地方都会拍照打卡,真不是炫耀,人家那是工作。记得他的某条朋友圈有人评论说:"有钱真好,想去哪里就去哪里。"其实也不是他吃不到葡萄说葡萄酸,评论的这个人每个月拿着5000元的工资,除去2000元的房租和日常开销,能剩几百元就不错了。

这几百元他还得寄给老家的父母。他又哪有钱去世界各地旅行、哪有时间去休息整顿呢？他得生存啊！

很多人因为贫穷，所以忙着解决温饱问题，穷人最大的苦恼，就是穷。物质上贫穷的人，很难精神富有。说到这里，你先别急着否认我。

02

我的一个高中同学，读书时我们常常在一起高谈阔论。我说我未来想当个作家，要出一本自己的书。她说她将来要环游世界，去每一个地方留下自己的足迹。那时的她，真的很有自己的想法，每件事都有自己独特的见解。我想，她未来一定能实现自己的理想。

再次和她联系是大三那年了。我们听说她辍学了，感到十分惊讶。因为读书时，她是班上成绩很好的女孩，为人也很好，可家庭条件却限制了她。

她的父母常年在农村务农，家里本来就不富裕。大一那年她刚开学，父亲就出了车祸，家里的顶梁柱一下就倒下了，失去了经济来源的家庭没办法再支撑她高昂的学费，她不得不辍学。

有人说，学费可以用贷款支付，生活费可以自己打工挣啊。可是她还有正在上小学的弟弟和无法继续劳动的母亲要照顾啊。那时候，她因为刚满十八岁又只有高中文凭，只能去餐厅端盘子，在工厂加班加点多挣钱。

还记得那年我问她："你未来想干什么？"她说："挣很多很

多钱。"

可是就算她精神富有,又有什么办法呢?如果连生存问题都解决不了,又怎么有机会去谈梦想和作为呢?

因为贫穷,她没办法继续读大学。因为贫穷,她没时间去跟人高谈阔论畅想未来。因为贫穷,她没办法来一场说走就走的旅行,去完成自己的梦想。

对贫穷的人来说,生活就是她的目标。

03

我常跟人说,钱是选择的底气。有钱的人可以选择工作和爱情。

没钱的人是没办法选择工作的。他对工作的要求只有一个,钱多就行。但有钱的人不是这样想的,他们对工作的要求是,要能学到东西,不能太累,要有发展前景等。

有钱的人可以因为梦想而辞掉一个自己不满意的工作,没钱的人却只能因为钱而去做一个自己不喜欢的工作。因为有钱的人知道,没了这个工作他不会饿死。没钱的人知道,没这个工作他活不下去。

那我又为什么说,有钱的人可以选择爱情呢?其实这话不全对的,应该是,独立的人可以选择爱情。

我听过两个女孩子的故事。

其中一个女孩子说,其实她有一个特别不好的前男友,不仅出轨,还打她。但她那个时候没办法离开他,因为他是她的经济来源。她和我说:"我没工作,分手了会饿死。"于是她忍了很久很久,实在受不了了才分手的。

而另一个女孩子,自己和男朋友都是非常有能力、能挣钱的人。可有一天男孩还是出轨了,她想都没想,就提了分手。后来她说:"我没办法接受背叛自己的爱人,更何况我这么优秀,一定可以找到比他更好的。"

你看,这就是选择的底气。

独立有能力,自己能挣钱养活自己并且能过上不错的生活的人,就会有选爱情的权利。

二十多岁不应该先脱单,而是应该先脱贫。生活需要钱,旅行需要钱,梦想也需要钱,没钱的人才会考虑生存问题,而有钱的人才有生活这一说。

所以女孩子一定要学会挣钱,这是一项能力。有钱你才不会因为买不起那条好看的裙子而难过一整晚。有钱你才不会因为遇到了那个对的人而感到自卑,让自己无法开始一段恋情。有钱你才不会因为收到几元钱一枝的玫瑰花而被骗到手,有钱你才有资格谈梦想、谈未来、谈价值。

那句世俗的话我很喜欢:**"相比爱情,钱更能给我安全感。"**

我们一边害怕猝死，一边继续熬夜

最近脸上一直爆痘，检查身体的时候医生和我说，要注意休息，不要熬夜。

这句话三年前医生也同样说过。

记得以前我头发是很多的，烫、染多少次都很少掉发，可从大学开始，我每一天都为我的额头担忧。从能留刘海遮一下，到刘海都少得不能再少了。

真正刺痛我的是，那天吃饭去结账的时候，那个阿姨问我，"你是天生头发就这么少吗？"**我才二十二岁，就要担心自己秃了。**

对的，皮肤不好、掉发、身体素质变差，医生都会告诉你，要注意休息。

受伤了，生病了，做完手术，医生会告诉你，不要熬夜，注意休息。

熬夜的坏处有哪些呢，这是我一年多以前看到的，有点吓人，希望你能看完。

戒掉熬夜吧，真的会死。

熬夜其实是一种习惯。什么原因才会熬夜呢？

01

也许你在等某一个人。

晚上是很感性的，因为那个喜欢的人没有找你聊天，没有更新动态或者只是你突然地很想他，都会让人一不小心就熬了夜。

22：00的时候你看手机，他没找你，你心里想，等等吧，也许23：00他就找你了。23：00的时候你看手机，他还是没来，你想，再等等。就这样，一不小心你就等到了凌晨。

过了那么多天，他还是没找你。想告诉你一句很残忍的话，别等了，他不会和你说晚安的。

02

也许是因为太没有自控力。

电视太好看了，一不小心追剧追到了凌晨三四点。有时只是想逛逛淘宝，不知怎么一买就买到了深夜。有时只是因为一部小说很吸引人，就多看了几章。

有一次接近24：00的时候，我手机快没电了。我想着，没电了我就睡觉。

结果刷微博，刷着刷着手机就自动关机了，但那条微博的评论我还没看完，于是我给手机充电，等开机后又玩了两个小时。

03

也许是因为害怕。

我曾经有过这样的夜晚，不敢睡觉，因为我害怕明早醒来，生活还是没有好起来，仍是一副悲惨的样子。那时我刚分手，晚上是哭得最惨的时候，再加上工作压力很大，所以感觉不太好。一夜一夜的，我睁着眼不敢睡觉，因为害怕第二天醒来，一切都是重新开始的样子，可我却没办法重新开始。是的，害怕那个残忍的事实在第二天醒来时，还是没有改变。

我们任何一个人都怕死。熬夜会猝死，很多人都一次次地提醒着我们，我们心里也都清楚。

曾经有人开玩笑说，去酒吧的时候带上一颗红枣，伏特加配上一颗枣，也算是养生。身体健康，其实是我们要面对的首要问题。不健康的身体，使我们没办法挣钱，没办法享受生活，更没办法去完成理想。

那么在这些面前，一个作为"习惯"的熬夜，是不是真的不能被改掉呢？

我想可以的。就从你看完这篇文章，开始吧。

焦虑的时候怎么办？

01

有一段时间已经有不少于五人跟我说："不要焦虑。"我想我可能是生病了，心理疾病。

那段时间，我与男朋友几乎是每过一天就要吵一次架。理由呢？就是我工作特别特别忙的时候，看见他打游戏，我就会生气。

天太冷了，我觉得烦；家里狗太闹腾了，我觉得烦；家里的东西一大堆，我觉得烦。总之是看什么都不顺眼，看什么都一肚子气。

特别委屈我男朋友，感觉自己提前30年进入了更年期，所有的气都往他身上撒，过得可以说是非常丧了。

我没有跟朋友说起过这些事，但他们都用同样的话劝我，不要焦虑。

如今再去回想当时的自己的时候，觉得也许是自己急功近利，轻度抑郁了。

原因是什么呢？我觉得自己不够好，努力也无济于事。每天想的事情是，应该怎么样才能改变现状，才能赶上别人，能够挣更多的钱，摆脱生活给我的压力。

所以连续两个月，我都莫名地头疼，每天都昏昏沉沉，做事很急躁，效率也很低下。

如果不是最近突然放松下来，我根本不会想到，其实身体上的病征，都是因为太过焦虑引起的。

心理疾病比身体疾病更加可怕，它会给我们的大脑不断灌输指令，让我们产生厌世的情绪，令自己的身体也出现相应的不良状况。

其实，我们真的生病了。

02

之前和很久没见的表姐聊天，她说总觉得自己浑身无力，哪怕整天躺在床上，心里也觉得烦躁不安。

我问她是不是最近发生了什么事，她说，父母催着结婚，可男朋友达不到条件。单位里要竞争职位，自己又没有信心能够升职。想买房子，又买不起，感觉身边的朋友都比自己过得好。

她说："我特别紧张，每天觉都不敢睡，总觉得我睡觉的工夫，别人可能就超过我了。可我不睡也不行，明天还得上班。"

我也有过类似的经历，觉得要是不做点什么，就会被别人甩在后头。

有太多的人，都像我们一样对未来过度担忧，急于求成，到头来却什么也做不好。消极的情绪太多，是人的一种负累。到最后会愈演愈烈，我们甚至会觉得，活着多累啊，不如死了一了百了。

但其实，谁又生活得容易呢？你想想那些零下十摄氏度还在马路上扫雪的清洁工阿姨，你想想早晨四五点就要起床的小摊贩，你想想那些为了挣10块钱不得不搬几十公斤东西的搬运工人……

其实谁都不容易。你的焦虑，在于你太想把所有事一次性高效地完成。

但活得太着急了，也并不是什么好事儿。

03

你有没有发现，焦虑的症状和抑郁症的症状很接近？其实抑郁症就是由长期处于消极情绪中引起的，你的心情总是很低落，对什么事都提不起兴趣。

我相信每个人都会焦虑，但请你不要太过着急。生命是一个很长的过程，对于独立的个体来说，没有谁比谁跑得更快些。

有的人二十岁创业，三十岁就去世了。有的人五十岁创业，八十岁才成功。

其实，焦虑是因为想得太多，对未来思考太多。生活中，那些容易满足、珍惜当下的人，是不容易焦虑的。因为他们对自己的当下感到满足，所以对未来也充满了期待。

适当的焦虑可以督促人们成长，不懈怠，不堕落。但想得太多就会发展成一种疾病。那些负面情绪像病毒一样缠绕着你。

让我们一起，珍惜当下吧。至于未来，慢慢来。

不背Chanel就是垃圾女孩吗？

不知道从什么时候起，大多数人判断一个人的阶层是以他的吃穿用度来衡量的。其实说白了，就是看这个人是不是穿了名牌西装，手腕上有没有几十万的表，看他请人吃饭的餐厅是不是贵到一杯柠檬水也要卖几百元。甚至还有的背着Chanel（香奈儿，是一个法国奢侈品品牌）的女孩说："你一个女孩，连Chanel包都背不起，真垃圾。"说这话的她，却忘了她自己身上背的那个Chanel包是存了半年的工资才买的。

穿不穿名牌，背不背Chanel包，并不是评判一个人的标准。因为很多背Chanel包的女孩，也不见得多高级。

高级不是一个包就能装出来的，它需要的是时间对一个人打磨后的沉淀，是一种从内而外的气质。

那天我收到一条留言，女孩说她曾经和很多男人来往过，家里大大小小有几十个包，也一度拥有很强的优越感，她觉得那些穿得破破烂烂、男朋友也没多少钱的女孩都没有未来。

她的原话是："我从前觉得，背上一个Chanel包就是人上人了，就不需要感情和真心了，我看不起那些为了爱一个穷小子而奋不顾身的女孩。"原来女孩子的虚荣心的确会改变一个人。女孩还说，她不找买不起Chanel的男朋友，那样的男友会让她感到丢脸。后来她被人抛弃太多次了，虽然她有很多名牌包，但除了那些包，她什么都没有。有人会说，那她还有钱啊。包可以卖钱，那青春和未来呢？她在看见别的夫妻甜蜜逛超市时，精神差点崩溃了。

背上Chanel包的女孩，并不能代表她就是人上人。

我见过很多高级的女孩，尽管她们中有一些也背名牌包，但举止谈吐，是真的很高级。她们懂得如何尊重人，对清洁阿姨和端菜的服务员都很有礼貌，不会把自己摆在很高的位置上。

而那些自以为很高级的人，嘴里嫌弃着清洁工人，脸上表现出对服务人员的厌恶。别人不小心踩了她一脚，她都会大发雷霆，甚至说"这双鞋你赔得起吗"。

我喜欢靠着自己努力，一步步走得很高的人，并且真的尊重他们。但不喜欢那些满身名牌却一副看不起别人的人，妆容再精致也挡不住他们市侩的嘴脸。

有一些女孩，她从来不要求男朋友给自己买Chanel包，而是自己努力挣钱，买自己想要的任何一件东西。我希望自己是这样的人。

背什么样的包，并不代表你就是什么样的人。

在讨好别人之前,先讨好自己

01

在《奇葩大会》上,蒋方舟分享了自己的故事——"如何战胜讨好型人格?"

第一次听到"讨好型人格"概念的人,一定会很好奇,拥有这种人格的到底是什么样的人?

直接点说,就是与人相处时,非常害怕让别人觉得不高兴,并且一味迎合对方,这样的人的性格就是讨好型人格。

蒋方舟分享了一个自己的故事。在两性关系里,对方打电话来骂她,正常情况下,她应该会做出比较激烈的回应。但蒋方舟在对方骂她的这两小时里,却一直在道歉。她在如此亲密的两性关系中,也不会表达自己真实的情绪。

当然,讨好型人格也表现在工作中,哪怕觉得对方是在胡说八道,讨好型人格的人也只会恭恭敬敬地表现出认同的态度。他们与朋友相处也是一样的,不流露自己真实的情绪,总是一副"好好先生"的样子。

蒋方舟说,当她了解"讨好型人格"并且重新审视自己的时候,发现这是一件特别可怕的事儿。

可怕表现在两点：一是做什么事情之前，你都会去想别人的反应，你做这件事情是不是在迎合他人的一种期待。二是在与人交往的过程中，你经常是一个没有原则和底线的人，就算自己非常不情愿做这件事，也不会表现出来。

02

其实我就是典型的讨好型人格。

有很长一段时间，我几乎不想跟人聊天。不是因为懒得说话，而是我会把要说的每一句话都从大脑里先过滤几遍。害怕在和一群人聊天时，会因为我说的某句话让大家原本的兴致消失，也害怕因为某句话而让谁不开心。

我的讨好型人格，表现在"不会拒绝人"。

我几乎没有拒绝过别人的请求，哪怕是明知道这件事会让自己很为难或是超出自己能力范围的。

读书时别人找我帮忙写作业，我说好。其实我自己的作业也没写完，如果要帮别人写，我两天都不能睡觉。

别人让我从国外帮她带礼物，就算需要我花大额超重行李的钱，我也会说好。哪怕自己想要的东西可能都买不到。

在别人找我帮忙的时候，我一定会先做好他的事，然后再去完成自己的事。

我常常宁愿委屈自己，也不去拒绝别人。

当然，我的讨好型人格，还表现在"不想麻烦别人"。

看到这里一定有人无法理解了，为什么不想麻烦别人也是讨好型人格的一种表现。

因为我的"不想麻烦别人"，是几乎不麻烦别人。

我害怕自己的事会给别人带来困扰，造成麻烦，所以日常生活中，我几乎不会请人帮忙。

如果迫不得已麻烦了别人，我一定会对别人产生严重的愧疚心理，会想方设法去补偿对方。

还有需要注意的一点是，在两性关系中，我会因为取悦对方，而丧失了自我。

我知道这一点很多人都跟我一样。因为想获得喜欢的人的青睐，所以变成了他喜欢的那个样子。也许是外表上的，也许是性格上的。但那个自己并不是真实的自己啊，只是因为他喜欢，所以我变成了那个样子。

我记得我曾经问过自己，那个在他面前小声说话，温温柔柔的小女生，真的是我吗？当时我的回答是，这不是我，但这是他喜欢的样子。但这并不是我喜欢的自己的样子。

03

蒋方舟说，被人喜欢其实有很大的风险。因为这个被人喜欢的自己，经常会覆盖一个真实的自己。而那些因你建立的被人喜欢的人设吸引而来的人，喜欢的其实也不是你。因为那不是真实的你。

这种喜欢有什么用呢？你真的会踏实吗？不会的，你会担心那些因为你的人设而喜欢你的人随时会离开你，因为他们随时都可能会发现真实的你不是那个样子的。

我想你也并不会有多开心，刻意去营造的一种好的氛围，去辛苦维护的一段关系，去苦苦取悦一个人，并不能给你带来愉悦的心情和想要的安全感。

这一切都显得那么虚无缥缈。你会觉得那并不是真实的你，所有真实拥有的东西，一切都建立在那个讨喜的人设之上。

我觉得这一生最悲惨的事，并不是交不上几个交心的好友，也不是遇不上一个真爱的人，而是活到最后，你却没有一天是为自己真实地活过。

你为友情讨好一群人，为爱情讨好一个人，那你活在这个世界上的意义，就是讨好别人吗？你自己的价值呢？

如果你不想年老时再来后悔自己的决定，就请你在讨好别人之前，先讨好自己。 人生苦短，也仅此一次。

遇到三观一致的人就嫁了吧

01

"我说大海很美,你却说它淹死过人。"

世界上的人分为好几种。谈得来的,坐到一起就变成了朋友。谈不来的,坐到一起也插不上话。只有当你遇到了一个三观不合的人,你才会知道一个三观和你一致的人有多难得。

你分享一篇写得很好的文章在朋友圈,他说你矫情;你喜欢四处吃美食,买各种地方的纪念品,他说你浪费钱;你喜欢旅行去过很多地方,他说你瞎折腾。这就是三观不合。

你看过的书和他分享,他说他有几个喜欢的作者;你去某个地方旅行和他讲到见闻,他说我整天工作想去放松,却没时间,所以很羡慕你;你说你喜欢吃甜食,他说虽然我不爱吃,但别人说甜食可以让人有幸福感。这就是三观合适。

三观一致不是你们俩要看同一个类型的书,不是你们爱吃同一种菜系的菜,也不是你们要拥有相同的消费观。三观一致是,我们虽然不同，但我能够接受你的做法。

每个人生活中一定都有这样的人，你的做法，你的想法，他都否定，还会讲一大堆理由去反驳你，说你是错的。和三观不同的人做朋友很累，因为鸡同鸭讲。

和三观不同的人谈恋爱更累，因为你们俩都觉得自己没错，并且都无法接受对方的看法和做法。

02

不得不承认的是，和一些人相处下来，你会清晰地感觉到：我们不是一个世界的人。

四喜现在这个男朋友就是她口中的"不是一个世界的人"。四喜是个很喜欢旅行的姑娘，她经常会省吃俭用几个月，然后用存下来的钱去某个喜欢的地方待上几天。但她男朋友不是，她男朋友觉得旅行又花时间，又花精力，还不如在家好好睡上几天。

他们俩常常吵架，因为各种各样的原因。四喜喜欢吃小龙虾和烧烤，她男朋友说："这些路边摊那么不干净，你还要不要命了。"男朋友花了很多钱在游戏上，四喜说："你不如拿这些钱去和朋友吃吃饭，在游戏上不应该花那么多钱。"

他们争吵的最后都是不了了之，要么是默契地不提，要么是一方做出退让，软软地哄另一方几句。但他俩都觉得自己是对的，对方是错的。

对四喜来说，她觉得人应该在有精力的时候，去看看世界，这样眼界也会不一样。而对于食物，好吃的东西就不应该被辜负。

对于四喜男朋友来说，他觉得生活应该平淡、舒适一点，很多折腾都不是必要的，而游戏，也是一个大世界，他有权利捍卫自己喜欢的东西。

两个人都没错，问题出在三观不合。你无法理解我的浪漫梦想，我也无法接受你的平庸一生。

03

三观不合，真的不能凑合。

总是会有这种情况，两个人都挺喜欢对方的，但三观不合。第一次矛盾出现，你可以因为喜欢而退让。第二次矛盾出现，他可以因为喜欢而退让。可第三次，第四次，第五次，第N次呢？

三观不合的两个人，永远存在着无法消磨的矛盾。因为无法解决矛盾，因为无法界定对错，所以问题永远都积压着，并且越来越多。总有一天，爱会褪去奋不顾身的痕迹，最后剩下的两个人是要搀扶着相伴到老的。如果生活里全是矛盾，我想没几个人能走到那一天。

上次听两个人争论关于爱的问题。一个人说："找不到那个我最爱的人，我是不会结婚的。"另一个人说："我觉得爱都是假的，钱才是真的。"

三观不合的两个人在一起真的很累，不管是当朋友，还是当恋人。

他不会陪你去做你想做的事，也不能理解你在夜晚的泪水。而三观合适的人，他会陪你去做你想做的事，他也能够理解你为什么难过。所以遇到三观一致的人就嫁了吧，

　　你也知道他有多难得了吧。

90%的男人都无法拒绝一种女人

01

我想先讲一个故事。

刘川一共谈过五个女朋友,他的第五个女朋友,是我的小学同学。怎么说呢?我的小学同学长得并不好看,是扔人堆里都会擦肩而过的那种。但刘川不是,刘川的追求者从来就没少过。他的确长得好看,是很受女性喜欢的那种长相,身高也有185cm。

我这个小学同学追的刘川,没多久他们就在一起了。刘川的工作一般般,我小学同学,自己开了一家公司,收益可观。通俗点来说,就是她有钱。但两个人在一起,也不是因为钱,毕竟刘川从来没花过我小学同学的钱,而且还经常给她花钱,买贵的礼物也从来没心疼过。

他们俩在一起三年,说刘川对她没感情是不可能的,但也并没有那么喜欢她,她是一定能感受到的,至少没有喜欢到是一辈子只爱她一个人的那种。

那天我小学同学在刘川的手机上看到了一个女人给他发来的微信:"你在干什么?"也许是出于女人的第六感,她知道大事不妙了。

这个好看的女人，是刘川的前女友，是他追了一年才追到的人。其实小学同学看到这个女人的照片的时候，就已经预想到了后面的事情。

不久后，刘川跟她分手了，因为他那个好看的前女友说，"你还喜欢我吗，我忘不了你。"

后来我小学同学在朋友圈发了一条这样的动态：所有男人都无法拒绝那些主动送上门的漂亮女人，无一例外。

02

是真的无一例外吗？很遗憾，在我见过的人和事面前，真的是这样。

但我想也有那种可以抑制住自己生理冲动的男人，也有那种眼里只看得到自己女朋友或者老婆的男人。毕竟每个女人想找的，都是这样的男人。

漂亮的女人能给男人带来视觉冲动，而这也会引起他们的生理冲动。

换个角度想，如果你整天面对的都是同样的脸，并且在时间洪流中已经失去了当初的激情。而有一天，出现了一个特别帅，温柔又有钱，而且对你特别好、特别主动的男人，你是不是真的能把持得住？

理智告诉我们，不行，不能这样做。但处在特定的气氛中，也许是那么几个瞬间，我们所有的防备都土崩瓦解了。

女性如果认真思考起来，要比男性理智好几倍，可我们都无法抗拒这样的诱惑,何况是男性呢?

大家都知道,男人通常都不用脑子思考的。

03

那是不是说,像我们这样长相普通,哪怕竭尽全力做到最好的自己,还是够不上"漂亮女人"的女性,就没有出路了呢?当然不是。

太漂亮的女人,除了漂亮以外,也会有很多烦恼。她们努力工作,升职加薪,人们会猜测她是靠其他的上位。她们需要做出比旁人多一千倍的努力,才能得到别人对她们能力的肯定。

男人们虽然总是无法拒绝漂亮女人的魅力,但他们也害怕自己驾驭不了这样的女人,毕竟他们太清楚漂亮女人对于男人的吸引力了。

所以有人说:"我会跟好看的女人调情,但只会和懂事的女人结婚。"

而普普通通的女人呢?也许你是气质型的,也许你是知识型的,除了没有那么漂亮以外,她们更容易得到肯定。她们在工作上付出的努力,不会有人质疑。与她们谈婚论嫁,也会更给人踏实感。

漂亮女人的脾气可能会大一些,因为她们一直就被别人捧在手心里。而普通女人,她们性格好,懂事,因为她们没有那么多骄傲的资本。

我相信,总有一个男人是可以抗拒漂亮女人的诱惑的,只要他足够爱你。而我,既不是漂亮女人,也不想当普通女人。我只想当,有钱人。

如何假装成一个好女朋友?

01

每个女孩都是独特的,有自己的性格和风格。但爱情是两个人的事,两个人在一起,合不合适很难说。想要成为一个好女朋友,并不是一件简单的事。

莎莎是一个漂亮、独立的女孩,但她不是一个好女朋友。她跟她男朋友前前后后分手、复合这样反复了大概五六次,几乎每一次都是她提出分手的。

她男朋友对她很好,整天都会把"我们家莎莎"挂在嘴边上,会提前一个月就为她准备生日礼物,会特意挤出时间来给她做饭,会买她喜欢吃的零食去看她。

莎莎是典型的游戏少女,她男朋友就经常陪她玩一个通宵。

她男朋友给她准备惊喜,她也觉得感动。男朋友给她买她喜欢吃的东西,她就收着。可她认为,你是我男朋友,就应该对我好。

莎莎不懂得付出,男朋友对她所有的好,她都欣然接受。但男朋友对她的好不是义务,只是源于对她的爱。

她不善解人意，自私，从不为男朋友考虑。比如她男朋友有应酬不得不去参加酒局，她说不想一个人在家，说什么也不让男朋友去，差点让他丢了工作。比如男朋友的朋友有事需要帮忙，她却觉得那不关男朋友的事，不让男朋友插手，置他于不仁不义的境地。

更过分的是，莎莎只顾自己，不给男朋友留面子。她曾经当着很多人的面，说自己男朋友丑，说他给自己丢脸，不懂事等伤人自尊的话。尽管当时她男朋友表现得不在意，可我想他在心里也是过不去的。

别说是男孩了，如果你在公众场合说我丑，我可能会怼你一万句。这是没有教养的表现，并不是说话直接。最后男孩跟她分手了。因为我们都知道，她不是一个好女朋友。

02

有人说，为什么要假装成一个好女朋友呢？我就是任性，我相信总有一天我会找到一个宠我、爱我的人的。

假装，是因为，你本身不是这样的，但为了维护这段关系，有时候需要你"虚伪"一点儿。恋人是我们生活中很重要的一部分，他也许是未来要陪伴你过完下半生的人。所以你为什么不能为了他，做一些努力，来维护你们之间感情呢？

如何成为一个好女朋友？

· 给他面子。

男性可以说是非常爱面子的,所以你会经常看到,有的男性在外面会稍微霸道一点儿。

只要他的所作所为不出格,在外面给他留面子,不是什么大事儿。

你大可以,脸上笑嘻嘻,心里MMP,回家让他跪玉米。

· **拒绝和所有追求者搞暧昧,心里只有他。**

很多女生是喜欢享受被追求和宠爱的感觉的,单身的时候,这样完全没问题,因为追求你的人越多,说明你的女性魅力越大。

但有男朋友了还和其他人搞暧昧,并不是一个好女朋友应该做的事。哪怕你非常喜欢那种被追求的感觉。一旦你处在一段两性关系中,就应该明确自己的位置,你要知道一段关系是有其独特性的,否则你大可以回到花丛中去。

· **识大体,善解人意。**

你可以有自己的小脾气,但你不能总是我行我素。不能说因为自己不想一个人吃饭,就不让男朋友去那个很重要的饭局,故意让男朋友为了自己而耽误工作。

· **佩服他,赞美他,依赖他。**

男人的征服欲有多强,相信我不用多说。但在当今社会,女性越来越强势的情况下,男人出轨率也越来越高。

"她更需要我。""跟她在一起我更像个男人。"这种话我们听过很多。

男人是需要赞美的,他渴望和享受被你崇拜的感觉,这样会让他感觉到,他是征服了你的。但如果女人太过强势,就容易使他不自信,认为自己活得很窝囊。

当有一天别的女人让他感觉到了自己"像个男人"的时候,就是他离开你的时候。

03

假装成为一个好女朋友,其实就是假装成为他心里想要的那种女朋友。

拥有一段感情,和自己喜欢的人在一起,其实是一件很容易的事情。

我见过有的女生,但凡是自己喜欢的人,就一定想办法得到。因为她对每一个她喜欢的人都下足了功夫,别人喜欢什么样,她就变成什么样。

但维持一段感情,是一件很困难的事。

你可以假装成一个好女朋友,但你没办法左右那个人的心,也许他需要的不是一个好女朋友的样子,而是你真实的样子。

有这样一句话:如果他喜欢你,你什么事也不用做。但喜欢哪有那么容易,如果生活中没有那么多,我喜欢你,可你不喜欢我的情况,就不会有痴男怨女了。

鞋子合不合脚,要试一试才知道。

周迅说:"一份感情,只要我做了能做的所有事,就够了。"南墙嘛,总是要撞一撞的。万一就撞上了心呢。

找一个想和你有以后的男人谈恋爱

01

每个人在开始一段恋情的时候,都不知道未来会怎样发展,也许你们明天就分手了,也许对方就是你将来要结婚的那个人。如果你遇到了一个想和你有以后的人,我想那就是对的人。

一段爱情能不能走到以后,虽然不能只靠深刻的爱,虽然还会有很多外在因素阻碍,但一个很爱你的人会愿意为了和你走得更久,去克服那些困难。

一个只跟你说以后的事说不准,别想那么多的男人,不知道他是太幼稚,不敢承担责任,还是太成熟,看清了你们两人的关系。总之,他没有爱你爱到余生都想和你度过的程度。挺奇怪的不是吗?很爱一个人,就是想和对方一直一直在一起呀。

小熊说,她的男朋友总是说很爱她,但一说到和两人未来相关的话题,对方就有些不耐烦了。有时候他会说,"你怎么想这么多,先过好当下才是真的。"有时候会说,"结婚?你昏头了吧?"小熊说,尽管感觉到他还是在乎她、关心她的,但心里也有说不出的滋味。

02

人们在特别喜欢一个人的时候,是很敏感的,尤其是女生,她们具有敏感又有强大的逻辑性。女生会觉得,既然你很喜欢我,为什么不愿意和我讨论以后的事呢,为什么会觉得以后说不准呢?说这么多还是因为你不够喜欢我,你有备胎或者更喜欢的人吧?

我知道,大多数男孩不愿意谈以后,有两个主要的原因:一是他们太年轻了,觉得以后还很长,离现在很远,什么话都别说太早,可能性还很多。二是他们已经经历过了很多段感情,知道给女孩太多承诺,尤其是太过遥远的承诺的话,以后分开了会给对方造成更大的伤害。

但女孩哪管那么多,尽管嘴巴上都说着不爱听甜言蜜语,可还是愿意听一些好听又真心的话,例如,我想和你有以后等。和一个从来不谈以后的男人谈恋爱,估计会很难走远。

其实人们谈恋爱,不就是为了尽量找一个自己很爱,然后对方也很爱你的人走到最后吗?在孤独的人生旅途中,能有个肩膀让自己依靠,在寂寞的人潮里能有人陪伴。在往后的日子里,有一个不会离开的人在身旁,一起看不同的风景,体会不一样的人生,这就是爱情的意义吧。

03

如果一个男人在你满脑子憧憬未来房子要装修成什么风格,沙发要买什么颜色的时候,冷冰冰地和你说一句"想太多了吧",你怎么都不会开心的。失望多了，也许你就不会再憧憬了，也许你也不再想以后了，也许你也会潜意识里觉得，说不定你们真的没有以后吧。两个对未来都没有信心的人，怎么能走得更长久呢？

同样的，正因为我们对未来规划得那么真实可信，一切都规划得那么美好，我们才会更努力地为那一天去奋斗呀。

说起规划未来，不是要讨好的那种诓骗、那种幻想，而是你因为真的爱我，想和我一起看到的未来。那样的未来，才是可能出现的。女孩其实要的很少，就是一段爱情，一个你，一个家而已。况且那些想和你有未来的女孩子，她是真的爱你到想和你有一个家的程度的，这么可爱的人，你忍心泼人家冷水吗？说实话，以后那么长，好看的小哥哥那么多，未来还有那么多惊险有趣的事发生。要不是真的很喜欢你，谁想把一切都承诺给你呢？如果可以的话，找一个想和你有以后的男人谈恋爱，你一定会很幸福。

三观不合，何必凑合

01

前段时间我在一个网络平台看到一件事，一对情侣已经在一起三年了，而且马上就要步入婚姻的殿堂，但因为男方无法全款买房，两人的感情崩溃，面临着分手。

原帖说："哎，好好的两个人，好了快三年了，理想与现实。发出他们聊天记录是获得双方同意的，他们也想看看网友的看法，不想出名。男方是和我有十多年交情的好兄弟，他真的一边和我聊微信，一边在哭，你们能想象到一个180cm的大男人当街大哭是什么样子吗？"

原来女方提出的结婚条件是，要求男方花400万元全款买房。从男方的解释中，可以看出他真的很痛苦，一边是自己很爱的女朋友，一边是养育自己的父母。他想给女朋友最好的生活，可又不想让父母因为全款买房花光了棺材本。他一直说，对不起，对不起。

但女方的想法也没错，谁不想婚后过上更好的生活，而不是婚后还要和男方一起还房贷。况且女方的父母也是希望女儿可以嫁得更好一些的。

不管站谁的队，你不得不承认，婚姻真的很现实。如果抛开现实因素，这对情侣之间的关系还暴露出一个问题，就是三观不合。

在女方眼里，幸福的婚姻就应该是男方全款买房，给自己提供良好的生活条件。而男方则认为，幸福的婚姻应该是两个人互相扶持，一起努力去创造美好的未来。

两个三观不合的人在一起，就算你因为爱在某些事情上，无限度地迁就对方，但总有一天，总有那么一件事，让你无法再去迁就。

02

三观不合，何必凑合。有人问：什么是三观不合呢？三观不合不是指的爱好不同。例如我爱吃甜的，你爱吃辣的。例如我喜欢看电影，你喜欢玩游戏……

这些生活中小得不能再小的事情，都可以迁就。

真正的三观不合，是我喜欢精致的生活，你却说是我太作；是我想要完成自己的梦想，你却说生活应该得过且过……其实没有谁是错的，只是两个人三观不合。

我有一个朋友，最近刚和男朋友分手。谈了两年恋爱，两天一小吵，三天一大吵。朋友是一个追求浪漫的人，喜欢惊喜，喜欢旅行。可她男朋友呢？完完全全和她不同，认为送玫瑰花和吃烛光晚餐都是在浪费钱，旅行更是花钱受罪，不如在家休息来得舒心。

最后他们分手的原因是，朋友有一个完成自己梦想的机会，但需要离开现在的城市去到另一个城市。她男朋友听说后说道:"如果你觉得梦想比我重要,那你就去吧,反正你是过不了安生日子的。"

这一次,朋友几乎没有多加思考,就选择了分手。不是因为她的梦想比爱人还重要,而是因为眼前的爱人,根本就无法理解她所向往的生活,也无法给她想要的生活,甚至还会成为她追求自己梦想道路上的阻碍。

这两年,她受够了和男朋友因为三观不合,所带给自己的痛苦。

如果你没有从心底去接受一件事情,每做一次退让,都是对爱的消耗。不管你如何去迁就对方,做出多大的努力和改变,三观不同,都是白费。

03

但这个世界上,并没有那么多三观相同的人。你需要找到的,是那个三观和你相"契合"的人。那么什么是契合呢?是你在有自己的观点的情况下,仍旧能够接受、理解对方的观点。例如,你是个很爱玩游戏、喜欢宅在家里的人,不愿意出门折腾。但某天你遇到了一个特别爱旅行的人,你不会认为旅行是一件浪费钱和时间的事情,而是会发现,和他一起旅行就是你喜欢的生活的样子。

和三观相合的人在一起,你会感到很轻松,你们可以了解对方那完全不一样的世界,并从心底里接纳对方与自己的不同之处。

千万别和一个三观不合的人勉强在一起。当你的迁就、你的耐心、你的改变、你的爱用完的那天，你会发现，原来你为了这个人变成了一个完全不认识的自己，而这根本不是你想要的，那才是更痛苦的事。

三观不合，何必凑合。

你要相信,这一生很长，你一定可以遇到那个三观相合的人。